金融投资理财

U0133066

Build Wealth, Build Happiness

幸福财女计划

让女人幸福一生的财富课堂

张达红／著

中信出版社

CHINA CITIC PRESS

图书在版编目（CIP）数据

幸福财女计划：让女人幸福一生的财富课堂 / 张达红著. —北京：中信出版社，2010.8
ISBN 978–7–5086–2175–3

I. 幸⋯   II. 张⋯   III. 女性－财务管理－通俗读物   IV. TS976.15–49

中国版本图书馆CIP数据核字（2010）第 114395 号

幸福财女计划——让女人幸福一生的财富课堂
XINGFU CAINÜ JIHUA

著　　者：张达红
策划推广：中信出版社（China CITIC Press）　　蓝狮子·财经出版中心
出版发行：中信出版集团股份有限公司（北京市朝阳区和平街十三区 35 号煤炭大厦　邮编 100013）
　　　　　　（CITIC Publishing Group）
承 印 者：北京通州皇家印刷厂
开　　本：880mm × 1230mm   1/32　　**印　张**：8.5　　**字　数**：181 千字
版　　次：2010 年 8 月第 1 版　　**印　次**：2010 年 8 月第 1 次印刷
书　　号：ISBN 978–7–5086–2175–3 / F · 2021
定　　价：28.00 元

contents

目录

理财是一种人生的责任

2000 年，我在美国洛杉矶的加州州立大学做访问学者，发现美国人做什么都很讲究专业，通俗些说就是要请教练。到 Fitness Center（健身中心）减肥练肌肉要教练，游泳要教练，打网球也要教练。慢慢地，我们来自中国的同学也开始找教练，虽然贵，但是教练教和不教就是不一样。

想想自己，从小开始，打乒乓球、游泳，都没有专业的人教，都是随大流，乱学一气，其实花的时间累计起来很多，却没有学出个样子，一看就不专业。

再想想人生吧，有人很专业地教过我们如何恋爱，如何拥有幸福婚姻，如何与人相处，如何说话，如何教育子女吗？都没有。至少，学校很少教这些。

可是，请各位朋友仔细想一下：你现在的大部分苦恼不都和这些问题相关吗？

　　我们生命中最重要的、每天都必须经历的那些体验，竟然绝大部分都是靠自己摸索和在社会上学习的！这必然导致要走巨大的弯路，有数不清的浪费、懊恼和损耗。有些错误的观念、有些无知，可能会耽误和影响你一生。

　　生命中很多收获都是时间的函数，越早习得，越早收获；越早明白，越早幸福。而人生就是这么长，晚一点习得，生命就少一分价值。再晚的话，机会可能都没了。古语说"书生志去，机会方来"，现代社会的悲剧则往往是，当你明白该怎么做了，机会却不再来了，至少不那么好了。

　　以我从事新闻工作 20 年的观察来看，人与人的差别，固然有天时、地利的差别，但观念的差别、认识的差别，可能是更为根本的。

　　我们多么需要在我们更加年幼、年轻的时候，被启蒙，被关于人生与社会的真知启蒙。

　　在今天这样一个市场经济社会中，在全球经济和中国经济都在日益货币化、资本化、证券化（也可以统称为金融化）的背景下，下面这些道理，在大多数情况下都是成立的。

　　第一，你所拥有的金钱与财富的多少，和你的自由、幸福、尊严的程度，有相当大的关系。

　　第二，一个社会要倡导公平正义，要关心弱势阶层，但作为一个个体，却应该把创造富裕、富足的生活，作为自己的基本责任。

　　第三，要富足，就不能不理财，也就是从财务角度规划和实施一生的收与支。

　　结论很简单，我们应该把理财作为一种基本的生活方式。

　　那么，你是否已经像每天运动和一日三餐那样，把理财植入生活了呢?

　　你有权利选择一种不理财的生活,但我希望,那是你在真正了解了理财的观念和理财的市场之后的选择。也就是说,你是负责地作出了决策。

　　作为国内最著名的财经图书出版机构之一,蓝狮子创设了中产阶级理财书系,我对此十分认同。经济学家凯恩斯说过,观念可以改变历史的轨迹。我相信蓝狮子的工作,对于更进一步地普及和深化人们对于理财的理解,一定能大有作为。

　　祝愿朋友们从这套书系中有所感悟,有所收获,拥抱更加富裕美好的人生。

秦　朔

推荐序二

女性为什么要理财?

这是个简单的问题，但答案却不好找。理财就是管理财富，理财的第一要义并不是赚钱，而是保住你的本钱。正如达红在书中所说，"黑天鹅"的不时光顾让女性不得不重视理财。有读者可能对 "黑天鹅" 这个概念比较迷惑，事实上，这个词源自于纳西姆·尼古拉斯·塔勒布的《黑天鹅》[①]—书，用以指代不可预测的重大事件，例如 "9·11" 恐怖袭击事件、2008 年全球金融危机等。"黑天鹅" 虽然不常有，但只要它在你没有设防的情况下出现一次，你的财富就可能会被它无情地带走。对女性而言，财富来之不易，管理财富的第一要义是控制风险，避免 "黑天鹅" 的伤害。

---

① 此书中文版已由中信出版社于 2008 年 5 月出版。——编者注

什么是女性的财富?

这个问题很重要,如果连什么是财富都没搞清楚,如何谈理财?正确的财富观是大前提、大方向,如果这一步走岔了,你越努力财富可能离你越远,尽管最终你可能会很有钱,但可能也穷得只剩下钱了。

对"女性财富观"的认识应该算是理财哲学内容,需要作者有极为丰富的人生体验和生活感悟,经历过对财富的努力追求与大量拥有,也就是强调"知行合一"。所谓"知行合一",并非理论与实践相结合那一套东西,而是"知"、"行"本是一体,并非"知"了之后再去"行"。和达红认识这么多年了,我知道她是极少数真正在职场里成功并且在生活上也非常幸福的人。从北大毕业以后她就不断变换着身份,先是成为外交部的一名翻译,然后又到美国攻读博士和MBA学位,毕业后先后在美国赫斯特国际出版公司、美国通用汽车养老金资产管理部和瑞士银行工作,现在则在花旗银行担任美国私人银行部(纽约)投资组合高级副总裁。我相信她写这本书时肯定不会很费力,她只需要把自己的感悟和经历写进去,这本书就一定是成功的。

"财富 ≠ 钱",这个道理可能大家多少都有所了解,但是,财富到底应该包含哪些内容,可能各位读者没有深入考虑过。达红在书中用了一个非常巧妙而有趣的方法告诉大家什么是财富。她认为每个人的生活都可以用一张"人生资产负债表"来概括,左边是你的资产,右边是你的负债和个人财富。假如你的资产超过了负债,那么你拥有真正的财富;假如你的负债超过了资产,那么你拥有的财富是假象。

　　这本书最难能可贵之处在于，它为读者详细剖析了"人生资产负债表"上的资产和负债条目，让读者真正感觉到自己财富的质感。达红不只捕捉到了那些物质的、明码有价的资产和负债，她的重点在于向读者详细介绍那些十分重要又很容易被忽略的、无形的、隐性的、难以量化的东西，比如人力资本、相貌气质等资产。

女性如何理财?

经营人生论

　　如达红所说，"人生就是经营生活的过程"，资源是有限的，对生活的投入也是有限的，把精力过多地投入到家庭就很难顾及事业；而太着迷于事业又往往会忽略家庭。经营生活就是在爱情、家庭、事业等各个方面精打细算，有计划地投入自己的付出，并最终取得一个均衡，回归到"最有效益生活曲线"上。

　　我觉得"最有效益生活曲线"这个提法非常贴切，它以"优美简洁"的姿态向我们传达了许多重要的信息。首先，人与人是不同的，有的人愿意当安逸的"蜗牛"，有的人则喜欢走生活的"快车道"，定位不同，生活方式自然要有所不同。其次，"多种经营"是分散人生风险，保证生活收益的最佳途径。"不要把鸡蛋全部放在一个篮子里"，世事难料，天灾人祸、"黑天鹅"时时都可能逆袭而来。最后，生活是自己的生活，最有效益的生活必然是自己想要的生活，对别人好的对自己不一定就好，盲目地仿效是要不得的。

有形资产配置

如果你不清楚什么是股票、债券、大宗商品、私募股权和外汇投资，没关系，请直接翻到第四章。本书在第四章为读者简要介绍了女性应该持有的有形资产，以及更为重要的一点——如何配置这些有形资产。书中举了一个特别生动的例子——章子怡和于丹不同的资产配置情况。章子怡的演艺职业决定了她的未来收入是具有高度不确定性的，而于丹是大学教授，越老越值钱，她可承受的风险比章子怡要高，她们在进行资源配置的时候都会把自己的职业特点考虑进去。

当然除了努力往你的资产负债表左边装东西外，对右边的负债也不能放松。个人品位很大程度上取决于你的消费方式，聪明的消费方式带给你的是体面与快乐，时刻谨记消费只是手段，快乐才是目的。奢侈品消费应该给你带来快乐，而不是压力。

无形资产管理

事业与婚姻是女性一生中最重要的两种无形资产。很多人习惯于把二者对立起来，认为事业与婚姻"不可兼得"。事实并非如此，达红告诉我们，只要时刻盯紧自己的"最有效益生活曲线"，事业与婚姻是可以在理想的轨道上相互推动行进的。本书第六章至第九章，仔细阐述了"嫁得好"不等于一切就好、"剩女"如何变身财女以及"坏女人"变坏不一定能够成功等发人深省的论题。归根结底，婚姻的好坏就是老公的好坏，而好老公与坏老公的区别一般不在于钱多钱少，而在于好老公是能与自己和平共处、适合自己的，而坏老公则相反。书中也为读者如何避开感情骗局、找到真爱出谋划策。

永远不要忽视事业对女性的重要性。事业不仅是女性幸福感的重要来源，也是分散生活风险的方式。把自己的人生建立在对他人的信任之上的人很容易受到伤害，而且受到伤害以后很难自立自强。我们要关心别人，但是首先我们要懂得爱惜自己，保护自己，将自己的人生风险作一个合理的组合分散，爱情、事业、家庭都要兼顾，在最佳平衡点上活出自己的"最有效益生活曲线"。

比较中出真知

本书最后一章"比较女人学"写得非常有趣，每个小故事都有两位主角——一位中国女性，一位外国女性，而且每个小故事都向读者传达了一个重要的理财观念。比如，"中国老太太和美国老太太"阐释了省钱攒钱与借钱花钱不应该互相排斥，合理金融工具的使用有时是很有必要的；在"邓文迪能否成为下一个凯瑟琳·格雷厄姆"的讨论中，我看到了邓文迪"嫁得好"与凯瑟琳·格雷厄姆"干得好"并不是对立排斥的；从"刘晓庆与玛莎·斯图尔特"的比较中读者可以看出，只注重积累资产而忽视回归到"最有效益生活曲线"，会极大地增加人生的风险，稍一出错，万劫不复；在"宋美龄与布鲁克·阿斯特"的小故事里，达红发出了深沉的思考：女人在活得舒服、活得有意义之后，能不能笑到最后？

达红是一个经常给人惊喜的人。当我看到这部书稿时，我知道这是她今年带给大家的一大惊喜。我从事图书策划工作已经很多年了，很早就看出达红在这方面有独到的优势，经常劝她把自己的成功经历写出来。拿到书稿后，我一口气就读完了，全书在一种轻松愉快的氛围中徐徐道出女性理财的各种知识和感悟。没有繁杂的公式和说教，没有令人望而生畏的技术分析与解说，有的是深入浅出、活泼有趣的例子，还有生动贴切的比喻，让你快快乐乐、轻轻松松地学会管理自己的财富。

中国人民大学汉青经济与金融高级研究院副院长、

"梁晶工作室"创始人梁晶

2010 年 5 月

自序

当编辑问我是否有兴趣写一本以女性理财为题材的书时，我立马就同意了。我以为（请注意是"我以为"），虽然目前市场上为女人提供指导的书籍五花八门——如何嫁给富豪、御夫术、教子良方、婆媳关系指南、职场贴士、瘦身法、美容秘诀、穿衣搭配窍门、厨房一招鲜等——理财之道远远排在这些话题的后面，这方面的出版物可能不多，而在私人银行工作的我应该蛮有发言权的吧。可是当我坐下来动笔时，才意识到我可能给自己接了个不可能完成的任务。我先作了一个简易市场调查，看看是否有理财专家走到我前面去了。不看不知道，一看吓一跳！我在搜索引擎上敲入关键词"女性理财书籍"，结果令我"大吃三惊"：《职业女性理财攻略》、《女人有钱更幸福》、《新女性理财秘诀》、《二十几岁，决定女人的一生》、《精明女人理财之道》、《财智女人必知的 66 个理财窍门》……不仅数量繁多，种类齐全，而且本本都摆出一副"一册在手，从此理财不用愁"的架势。

不过我在迷惘的同时也注意到，这些书并没有掀起女性理财大高潮，女同胞们对理财的兴趣大概不会比她们对篮球联赛的兴趣多多少，更多地我看到听到的还是以日常智慧为主要理财哲学的态度和说法。我将女同胞对待钱财的态度总结归纳为四大门派：

"天真无邪"派（或者是"不信邪"派），要么是不知柴米油盐，要么是不食人间烟火，反正生活的词典里压根儿没有"理财"这个词。

"嫁得好"派，总是非常神往地幻想："找个好老公，不就什么问题都解决了？"

"坏女人"派则曾经沧桑："男人有钱就变坏，女人变坏才有钱。"

"传统守财"派，牢记前辈"男主外、女主内"的经验，精打细算，严格掌握现金流，坚决杜绝"小金库"和"肥水外流"。

为什么理财专家们的专业指导铺天盖地，而现实生活中大部分的女性仍然选择"跟着感觉走"？这个问题让我的思路急转了个弯：这个世界缺的不是一本更全、更深、更灵的女性理财手册，谈女性理财，也许我应该专注于"女性"而不是"理财"。因为财富并无性别，适合男性理财的规律同样适用于女性，只是因为社会和历史的因素，财富和男权一直结合得比较紧密，人们——包括女性自身——都带着各种各样的有色眼镜看待女性和财富的关系，"富婆"一词所附带的贬义色彩就很能说明问题。

富婆——拥有大量财富的女人——自身并没有什么错，只是因为财富的含义在大多数时候被曲解了。贬义还来自于社会偏见的折射，这个社会总以为女人如果追求财富似乎就不纯洁了，就是市俗。不可否认，很多女性因为这种观念而停滞不前，放弃主动追求财富的权利。还有的矫枉过正，干脆以"坏"为荣，只钻钱眼儿。这些"亚财富"状态都影响到女人生活的幸福指数。

其实，在我个人的生活经历中，这四大门派的思维方式在各个阶段都分别或多或少地主导过我的理财观。如果 20 年前的我看到这些理财秘籍，估计也是同样没感觉，就好像调皮的小孩，妈妈哪怕告诫她一千遍"开水很烫"，都不如她真的被开水烫到一点点那样能烙下对"烫"的认识。回想过去，我明白了我的财富来自于我走过了千山万水，见识了三教九流，顶住了若干次经济危机的考验，以及因为自己不成熟而付出过学费，从中得到的宝贵教训。真正的富婆，钱不是负担，内心从容，有自己的判断力，生活在最能发挥"天生我才"的轨道上。和众多女性理财专题书相比，这本书不提供"只要你按照这一二三四条去做就可以致富"之类的计划，而更多强调"工夫在钱外"的理财哲学。知道为什么要这样做，并且真正打心眼儿里认同。也就是说，把大方向掌握好了，才能谈得上实现目标，否则你的努力很有可能让你误入歧途，而且越努力陷得越深。"芝麻开门"的密语让阿里巴巴找到了宝藏，但那是神话传说。而我要撒播的"芝麻"，主要的"魔力"在于"开门"，让姐妹们少走点儿弯路，早日找到属于自己的宝藏，到达真正的富婆境界。

本来想把"富婆"一词放在书名之中，挑衅一下社会偏见。老公说，"富婆"带有的贬义色彩太沉重，把"富婆"这个词放在书的标题里，很有可能让你的读者看这本书时藏藏掖掖，像《花花公子》或者《花花小姐》那样见不得人（在美国，你从报刊零售处购买了此类杂志后，店家总是会很"体贴地"给你一个不透明的袋子）。

　　苦思冥想之后，决定用"财女"代替"富婆"。老祖宗造字的时候，还蛮有先见之明——"财"的左边是"贝"，远古时代以贝壳为货币，所以"贝"代表钱；右边是"才"，人才的才，就是人力资产。财富＝金融资产＋人力资产，嘿！这正好与我的立论吻合嘛！"富婆"英文可以翻译成"Rich Lady"，也很巧，"Rich"除了"有钱"之外，还有"丰富多样"的意思。光有钱，怎么算是"丰富"呢？中外造字英雄所见何其同也！

　　理财专家常有，而洞察女人心的财经出版社不常有。感谢中信出版社为我提供记录和发表理财感悟的机会。我希望通过自己的努力，激发更多女性以积极主动的姿态投入生活。俗话说，没有丑女人，只有懒女人。我认为，没有穷女人，只有消极被动的女人。愿天下女人俱成财女又欢颜！

第一章

"黑天鹅"与你我她

在 18 世纪欧洲人发现澳大利亚之前，他们一直相信所有天鹅都是白色的，所以在当时欧洲人眼中，天鹅没有可能不是白色的。直到欧洲人发现澳大利亚，看到当地的黑天鹅后，才发现自己的无知。后来黑天鹅事件被用来形容后果严重，难以预测，超出常人想象的稀有事件。

——维基百科"黑天鹅效应"条

你可以逃避现实，但是却不能逃避现实的后果。

——佚名

不期而至的冲击是（金融）体制不可避免的，人们应该永远对此有所准备，以保证在冲击之后能继续生存。与一直专注于发眼前财相比，这更让你有把握致富。

——美国著名金融史学家　彼得·伯恩斯坦

2009 年 2 月 23 日，道琼斯工业平均指数（以下简称"道指"）以 7 114 点收盘，与在 2007 年 10 月达到的最高点 14 093 点相比，此时已经下跌了将近50%。整个华尔街凄凄惨惨戚戚，怎一个愁字了得！我的一位美国同事说，她最近拼命向上帝祷告，只要这次上帝能够让她挽回损失，她保证不再贪婪，不再进股市寻求高额回报，坚决只把钱存在银行保险柜里。

这个时候，假如某个好奇的外星人投予地球一瞥，他一定会透过全球经济的愁云惨雾看到在中国绽放的一点红。

高盛公司的一份研究报告表明，2009年中国的奢侈品销售量首次超过美国，占据全球市场总量的25%。在全球奢侈品销售量预计下跌10%的背景下，中国市场则预计增加12%。考虑到奢侈品绝大部分是瞄准女人而来，因此可以不夸张地推论，中国女性的"半边天作用"已经发挥到世界舞台上了。事实上，不管你什么时候踏入位于美国纽约第五大道与第57街黄金商圈的路易·威登旗舰店，你都会听到熟悉的中文，看到正在血拼的女同胞。孔老夫子说过"唯女子与小人难养也"，真是大错特错，明明是把女子养好了，经济才有活力嘛！

受2008年全球金融危机影响，一向把钱不当钱的美国人竟然也开始存钱了，多年来总是吃光用光再猛借钱以至于储蓄率为负数的美国在2009年出现了正数储蓄率。而在被这次危机"轻轻撞了一下腰"的新兴市场国家，人们则普遍感到庆幸和自豪。一位刚从南美实地调查回来的对冲基金经理告诉我说，巴西人的桑巴舞步都变成了抬头挺胸式，那雄赳赳气昂昂的劲儿显然不难想象（顺便提一句，他的基金赌巴西货币升值，赚了一大票）。

假如你还以为"黑天鹅"只是芭蕾舞剧《天鹅湖》中的那个坏女人，假如你迄今还没听说过或者搞不太清楚"次贷"、"去杠杆化"、"数量宽松"等词汇的意思，那么我要衷心地恭喜你躲过了一劫。假如你认为这些东西和自己八竿子打不着，那么我想向你传达一位哲人说过的话："不利用危机，就是最大的浪费。"

这场自 1929 年全球经济大萧条以来最严重的金融危机，是上天送给每一个女人的最佳礼物。而中国女人处在"隔岸观火"的位置，可以从容审视这份礼物。这份礼物是由一段告诫和一个问题组成的：

不管人类拥有多么强大的科学手段，都无法避免，也无法预测极端事件，即"黑天鹅"的降临。

当"黑天鹅"再次发威，你是否已练就一个"金刚不坏之身"来面对那一刻？

如果你不知道该如何利用眼前这一场危机，那么就听我讲讲我的经历吧，或许能给你一点启发，虽然我自己的"财悟"也是姗姗来迟。我得说我很幸运，在我最经得起生活考验的时候，经济危机来教训过我。这一辈子我已经经历了三次经济危机。第一次是在我 20 多岁，初次踏入美国社会的时候，我身在经济危机之中却浑然不知；第二次是我刚过而立之年；第三次，也就是这一次，我虽然身处旋涡中心，但在"覆巢"之下，还是保全了一个较为"完整的卵"，而这完全要归功于第二次的惨痛经历。

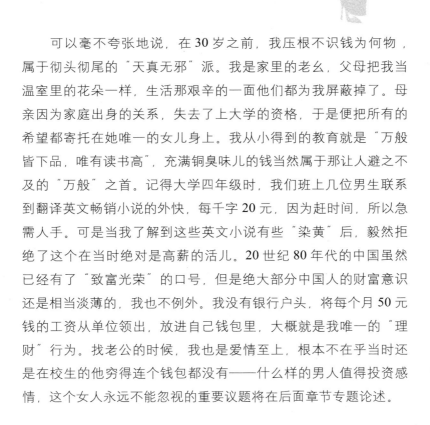

我经历的第一次经济危机
——"天真无邪"派的世外桃源

可以毫不夸张地说，在 30 岁之前，我压根不识钱为何物，属于彻头彻尾的"天真无邪"派。我是家里的老幺，父母把我当温室里的花朵一样，生活那艰辛的一面他们都为我屏蔽掉了。母亲因为家庭出身的关系，失去了上大学的资格，于是便把所有的希望都寄托在她唯一的女儿身上。我从小得到的教育就是"万般皆下品，唯有读书高"，充满铜臭味儿的钱当然属于那让人避之不及的"万般"之首。记得大学四年级时，我们班上几位男生联系到翻译英文畅销小说的外快，每千字 20 元，因为赶时间，所以急需人手。可是当我了解到这些英文小说有些"染黄"后，毅然拒绝了这个在当时绝对是高薪的活儿。20 世纪 80 年代的中国虽然已经有了"致富光荣"的口号，但是绝大部分中国人的财富意识还是相当淡薄的，我也不例外。我没有银行户头，将每个月 50 元钱的工资从单位领出，放进自己钱包里，大概就是我唯一的"理财"行为。找老公的时候，我也是爱情至上，根本不在乎当时还是在校生的他穷得连个钱包都没有——什么样的男人值得投资感情，这个女人永远不能忽视的重要议题将在后面章节专题论述。

后来加入出国大军，我的动机很单纯，我申请攻读政治学专业博士学位，因为想学习西方先进的民主政治。1992年我在出国登机时，心情又激动又紧张，激动自然不必说了，紧张则是我隐隐地担心假如经济危机再度来临，会不会影响我完成学业。这不该怪我想象力太丰富，中学里的政治经济学教材就是这样描述的。一方面是大量工人失业挨饿，一方面是资本家把牛奶倒掉，这种矛盾是资本主义制度难以避免的，资本主义制度本身的缺陷性决定了这种不合理的危机会一次又一次地发生，而且还会一次又一次地加剧，直到最后资本主义制度灭亡。有意思的是，我担心的不是我是否会挨饿，而是偌大的美国有没有放得下我一张书桌的地方，真的是书呆子到了家！

到了美国之后，我一下子就爱上了我所在的大学城小镇。秋天的天空湛蓝湛蓝，校园里老树参天，五彩斑斓的树叶在微风中轻轻舞动，大片大片绿色的草坪像柔软的地毯一样，这样的环境和氛围根本和经济危机沾不上边。课程虽然紧张，但是图书馆高高的雕花天顶，厚实的橡木书桌，一排排散发着幽幽书香的书架，让我在知识的殿堂里乐不思蜀（我的"蜀"也就是我租的房子，是一间阁楼，只有旧床垫、旧书柜、旧桌子和旧椅子各一件，窗户小得连窗帘都用不着）。因为我有奖学金，不用为生计发愁，所以可以一心只读圣贤书，对窗外的美国现实即使不算是毫无所知，也可以说是反应迟钝。

20世纪80年代末90年代初，美国垃圾债券泛滥酿成金融危机，大量的银行破产，经济衰退。当时克林顿正在竞选总统，猛揪住老布什不解民间疾苦的小辫子不放[①]，克林顿的竞选口号也很简单："就是经济问题嘛，真笨！"最终克林顿毫无悬念地赢得了选举。

因为我一心一意奔着政治学博士学位而去，而每个月 1 000 美元出头的奖学金也使我成为学生中相对富裕的阶层，再加上本人一贯艰苦朴素的作风，银行存款一不小心也达到了四位数。我虽然身处经济危机之中，但是这一切似乎只是在电视和报纸上进行着，象牙塔里的我竟然把在马克思主义政治经济学里学到的最深刻的一课全然忘了。也偶尔听说某某中国同学毕业后找不到工作，已经转行学电脑：一般都是太太在中餐馆打工，替在学电脑的先生支付学费，小两口开一辆二手车，住着和别人合租的公寓里的一间，相濡以沫。这种为稻粱谋而放弃专业的做法很让我不屑。

就这样我在"桃花源"里读着书，直到 4 年后博士课程结束，开始写论文，奖学金也到期了，才突然意识到"我拿什么养活自己"这个问题的严重性。尤其是在了解了文科博士的就业前景之后，我写论文的干劲一落千丈。老公实验室里一位同事的朋友来了一封电子邮件，说他也已经离开理论物理专业，到了一个叫华尔街的地方从事电脑编程工作，年薪已经达到 10 万美元，劝大家不要再把自己局限在学术路线上。10 万美元！"学好数理化，走遍天下都不怕"，我这个政治学博士生的路，可真是有点越走越窄了。一位好朋友劝我去读MBA，说那个专业工作特别好找，而且起薪比政治学博士高好几倍。我于是投笔从商，一头扎进了商学院。

---

① 老布什去超市体察民情，想显示自己亲民，结果连刷条形码都不知道，一不小心暴露了他从来没有去超市自己买过菜的事实，让广大已经失业或者工作岌岌可危，不得不精打细算剪折价券过日子的中产选民们气愤不已。

　　刚进商学院时，我连投资银行是什么都不知道，而我的一大半同学都是本科毕业于常春藤盟校并在投资银行里工作了好几年的。商学院里把我这样的人叫做＂诗人＂，就是完完全全的门外汉的意思，金融理论、财务分析、竞争策略、商业计划、动态决策、投资回报等，一切对我而言都像外星人语言一样。为了对得起昂贵的学费，我全力以赴，两年内非商勿扰，没碰过一本＂闲＂书。临近毕业时我最开心的事不是手上握着好几家公司的录用通知，而是我总算有时间读几本好书了——两年里我可读够了那些枯燥的商科专业书籍，就好像高考生，生活被各种复习题、模拟考主宰后，渴望着可以把所有高考材料全都丢进垃圾桶。

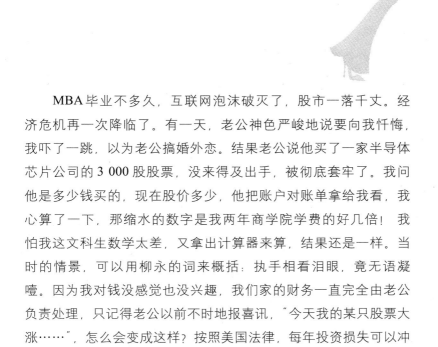

我经历的第二次经济危机
——生活课堂的第一手教训

　　MBA 毕业不多久，互联网泡沫破灭了，股市一落千丈。经济危机再一次降临了。有一天，老公神色严峻地说要向我忏悔，我吓了一跳，以为老公搞婚外恋。结果老公说他买了一家半导体芯片公司的 3 000 股股票，没来得及出手，被彻底套牢了。我问他是多少钱买的，现在股价多少，他把账户对账单拿给我看，我心算了一下，那缩水的数字是我两年商学院学费的好几倍！我怕我这文科生数学太差，又拿出计算器来算，结果还是一样。当时的情景，可以用柳永的词来概括：执手相看泪眼，竟无语凝噎。因为我对钱没感觉也没兴趣，我们家的财务一直完全由老公负责处理，只记得老公以前不时地报喜讯，"今天我的某只股票大涨……"，怎么会变成这样？按照美国法律，每年投资损失可以冲抵 3 000 美元的税费，那只半导体芯片公司股票给我们带来的亏损，我们可以一直用它半个世纪！ [1]

---

　　① 在美国，如果个人投资损失超过了投资收益，净损失可以被利用在一般所得税的减免中。每年每个人可以申报 3 000 美元的净资产损失，用来减免一般所得税，剩余的投资损失还可以归入下一年，继续用来计算下一年的资本利得净值。——编者注

　　就在这个时候，另一个机会来临了。老公的同事C的弟弟在加州硅谷的一家新建公司工作，它的创办人曾是著名的思科公司的总工程师。就冲着这个原因，各路风险投资家们都哭着喊着要给这家公司投钱。虽然互联网的形势已经大不如前，但这家公司仍然坚定不移地向着IPO迈进，准备在上市前进行最后一轮融资，并且很"慷慨"地给员工及其家人和朋友"预留"了投资额度。我把融资文件研究了一下，看到列举的参与这一轮融资的都是硅谷大名鼎鼎的风险投资公司，又听C的弟弟说，公司创办人是工作狂，连星期天都去上班，因为他的思科股票早就让他成了亿万富翁，再创办公司不是为了钱，而是挑战思科，追求更高层次的满足感。这样的公司不成功简直说不过去。前两年公司上市，股价动不动就涨个几十倍，这回保守估计，就算它只能涨个一倍吧，我们投上一笔，上市后好把在那家半导体芯片公司上损失的钱捞回来，要是革命形势好转，上市大获成功，说不定我们可以提前退休。这回我和老公共同拍板：坚决抓住这个千载难逢的机会！

　　可是事情比我们的最保守估计还要糟糕个几十倍。公司上市的日程不断推迟，产品虽然技术先进，却无人问津。倒是思科愿意收购，出价却不高，只能让最早一轮投资人勉强收回成本。思科的意图显然是要把一个潜在的竞争对手买断。创办人大发雷霆，冲着和他摊牌的风险投资家们扔下一句："你们要卖我就辞职。"要知道这家公司的主要价值就是他的名声，他要是跑了，思科不会有一点点兴趣。风险投资家们只好拒绝了思科这最后一根稻草。公司苦撑了一年多后终于关门，还是思科来料理的后事，只象征性地用了一点钱就把整家公司的知识产权买下来了，并且留下了几个关键的技术人员。几乎所有投资人的钱都打了水漂——当然也包括我们的血汗钱。后来听说那个创办人与思科签了"非竞争协议",很潇洒地去云游四方了。

我们退休基金篮子里的鸡蛋就这样全部摔破了。假如我在读博士的时候,对外界稍微多关注一些,我可能会早几年转向,不会"浪费"那么多年,最后搞了个"博士未遂"仓促下海。假如我早点从商学院毕业,多赚点钱多买点"鸡蛋"攒着,也不至于在高科技泡沫破裂之后一个鸡蛋也不剩。假如我没有盲目崇拜老公,没有让他"一手遮天",早点发现他捅的"娄子",来个悬崖勒马,我们的损失可能不至于如此惨重。假如我没有赌徒翻本的心理,没再往那家新建公司砸钱,我们小家庭的经济基础就不至于受到毁灭性打击。我痛定思痛,决定转行投资管理,发誓这样的悲剧绝不能再在我们家重演。当然,我也想靠踏入与钱直接打交道的行业提升自己的收入,把家庭经济搞上去,把过去的损失补回来。这样我以过了而立之年的高龄,重新做人,毅然投考注册金融分析师(Chartered Financial Analyst, 以下简称CFA)。

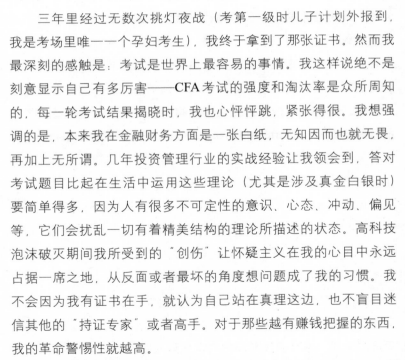

我的觉悟

　　三年里经过无数次挑灯夜战（考第一级时儿子计划外报到，我是考场里唯一一个孕妇考生），我终于拿到了那张证书。然而我最深刻的感触是：考试是世界上最容易的事情。我这样说绝不是刻意显示自己有多厉害——CFA考试的强度和淘汰率是众所周知的，每一轮考试结果揭晓时，我也心怦怦跳，紧张得很。我想强调的是，本来我在金融财务方面是一张白纸，无知因而也就无畏，再加上无所谓。几年投资管理行业的实战经验让我领会到，答对考试题目比起在生活中运用这些理论（尤其是涉及真金白银时）要简单得多，因为人有很多不可定性的意识、心态、冲动、偏见等，它们会扰乱一切有着精美结构的理论所描述的状态。高科技泡沫破灭期间我所受到的"创伤"让怀疑主义在我的心目中永远占据一席之地，从反面或者最坏的角度想问题成了我的习惯。我不会因为我有证书在手，就认为自己站在真理这边，也不盲目迷信其他的"持证专家"或者高手。对于那些越有赚钱把握的东西，我的革命警惕性就越高。

　　不过，最让我醍醐灌顶的觉悟却和我刚来美国时在象牙塔里学习的"脱离实际"的政治学博士生课程有关。美国大学里的讨论课制度让学生大量阅读，然后在课上各抒己见，教授只需在课堂上引导一下讨论方向。我记得我的第一本教授规定阅读的书是美国著名科学哲学家托马斯·库恩的《科学革命的结构》。说实话，虽然没碰到什么单词问题，但是那一本薄薄的书我没太读懂，也不太明白教授为什么把这本书摆在课程之首。上课讨论的时候，我就没怎么开口。

大部分人认为科学的进步是累积式的，就是后一代把前一代的知识继承下来，加以发展补充，因此人类的知识越来越丰富，科学也越来越发展。库恩认为这种观念是错误的。在他看来，科学发展是不断否定成见，是革命，有点"前人种树，后人拔树"的意思。科学是人类试图解释自然现象发现自然规律的活动。在科学还未成气候的时候，百家争鸣，百花齐放，谁也不服谁，甚至谁也听不懂谁。渐渐地，有一家理论显示出优势，能够比别家的理论多概括自然现象，能解释得通更多问题，于是这家理论的思维方式被广泛接受，演变成一个框架，科学家们逐渐聚集到这个框架下，普遍采用这家理论的术语、假设和基本推理来探索世界。例如，我们的祖先抬头仰望星空，对宇宙的结构充满了疑惑，创造了各种各样的神话，试图给难以琢磨的宇宙找出因果和规律，最后"地心说"似乎最符合现实，成为天文学最早的科学框架。人类在这个框架下，对太阳系开展了颇有成果的研究。

然而，任何框架都有它的局限性。随着时间的发展，很多"马脚"露出来。同时总有那么些人富含反叛基因，喜欢质疑和挑战现成的东西，本来井然有序的科学又陷入"纷争状态"。假如新的理论确实比原来的漏洞少，更能够说明和解决现实中的问题，最终它将取代旧的理论,为科学引进一个新的框架。"日心说"取代"地心说"就是一个很好的例子,"日心说"的倡导者们如哥白尼、布鲁诺等就是科学的革命人物。而"日心说"也在不久后被牛顿的万有引力定律所取代,因为人类的视野扩展到了太阳系之外,"日心说"日益显得捉襟见肘。到了 20 世纪初,爱因斯坦的相对论则完全跳出了牛顿机械力学的框架,为人类实现飞向太空的梦想提供了理论翅膀。而在微观世界,古典物理学理论更是束手无策,到处碰壁,量子物理因此而诞生。库恩预言科学将延续这种结构性的革命。

当年读到这里,我只是觉得他立论独特,没有其他感觉。库恩的文风比较枯涩,再加上他的议题实在太哲学了,我就把读这本书当成家庭作业完成后就放一边儿去了。但它在我的脑海里一直占了个位置,主要因为它是我来美国后读的第一本书,算是我求学生涯的一个里程碑吧。我初进商学院时曾经感慨过:商学院里最务虚的"组织管理"课的读物都比库恩的书多好几百倍实际意义,难怪政治学博士不好就业!

在我拿到 CFA 证书后不久,灵感突然降临。当时我正在整理过去三年里复习考试用过的书和笔记,看着那成堆的材料,我对自己的消化能力有点吃惊:这么多的理论啊案例啊,什么是可以扔掉的,什么是可以保存的,投资的真谛到底在哪里? 这时,库恩不知道从哪里冒了出来,我的脑子里浮现出一个念头:库恩其实是在说,科学本身没有绝对的真理,因为每个时代的科学都是那个时代的人们在那个时代的局限下对自然世界最富有想象力和可信度的解释,科学的进步在于否定旧知识框架。也就是说,我们可以肯定错误,但是我们却无法肯定真理;我们可以肯定什么是行不通的，但是我们却无法肯定什么是放之四海而皆准的。对于投资而言，我们已经"进化"到拥有获得诺贝尔奖的现代投资组合理论以及各种令人眼花缭乱的投资手段。很难说这已经相当于物理科学的"地心说"或者"日心说"或者牛顿阶段，但是可以肯定的是，以后还会有更多的革命性新理论出现。在人们企图征服市场的追求中，它们起到了减少走弯路、犯错误的可能性的作用，但是它们绝不是点金术。寻找投资秘籍、投资宝典的人们恐怕只是在自欺，而提供投资秘籍、投资宝典的人们就是在欺人了。人类虽然已经拥有强大的科技，而且在一定范围内可以控制自己的生存环境，但是人类无法超越所有未知，因此人类与其徒劳花费精力寻找终极真理，不如着眼现在，避免已知的错误，减少走弯路的可能，好让自己有一个更加坚实的基础，并且向最优化轨道靠近。

事隔10多年，那本一直被我归入"无用"的书竟然成就了我个人在投资方面最深刻的感悟。虽然读那些"无用"的书让我少赚了好几年名校MBA毕业生的薪水，但这迟来的"思想火花"却足够我受益一辈子。

当然，高科技泡沫破灭带来的危机是直接"导火索"。没有那切肤割肉的疼痛，我恐怕还是"天真无邪"派——直到"黑天鹅"掠过！先哲的金玉良言与生活阅历交织，让我感悟得深刻彻底。

我经历的第三次经济危机
——"黑天鹅"掠过

如今每当我走过纽约第七大道 745 号门前，都忍不住感慨万分。曾几何时，这幢漂亮的大楼沿墙一周的液晶显示屏都使用深绿底色——就是美元的颜色，也是雷曼兄弟公司的颜色。如今，它已经全部变成了天蓝色，亮得有点刺眼的那种，是巴克莱银行的颜色。"黑天鹅"在 2008 年降临，带来的是席卷全球的金融海啸，城头变幻大王旗，城下多少喜和悲！我们家就安在海啸源头。和这一次相比，高科技泡沫破灭那一次简直太逊色了——那次的"震中"是在以加州硅谷为中心的地带，涉及的大部分是和科技电信有关的行业，我和老公工作所在的华尔街所受冲击有限。但这一次，华尔街首当其冲，我老公还很"荣幸"地在雷曼工作，我所在的花旗银行也有巨量"有毒"次贷证券砸在手里，真是"屋漏偏逢连夜雨"。但是在 2008 年 3 月份贝尔斯登被摩根大通买下来之后，谁也没有想到还会有一家华尔街投资银行垮台。

我记得 2008 年 9 月 13 日星期六上午，我还去看了几个小孩开生日派对的地方，打算订一个地方为两个星期后过 7 岁生日的儿子庆祝一下。那天下午我和老公还参加了他的一个印度同事在家里举办的印度象神节派对，大家嘻嘻哈哈开玩笑说，要是美国银行（Bank of America）收购了雷曼兄弟，大家得学点西部美语的口音（因为美国银行总部在加利福尼亚），要是巴克莱成了买主，大家就得学点英国腔，最好是让美国银行和巴克莱竞争一下，把雷曼的股价抬一抬。总之没有人想到雷曼已经病入膏肓没人要了。到了第二天傍晚，老公的黑莓手机铃声响了，他们部门的头头给大家发了一封邮件："看起来我们将不能继续做同事了……请大家自己多多保重。"

2008年9月15日，雷曼宣布破产。随后美国政府宣布给保险公司美国国际集团（American International Group，AIG）注资。大伙儿这才真正意识到"问题很严重"，连"山姆大叔"都亲自上阵了。

我给老公打电话，问他们办公室情况怎样。老公说，大概和当年国民党失守大陆，仓皇退逃台湾的情形差不多，大家都在忙着搬走自己的私人物品，互相道别。公司高层都不见踪影。门口挤满了各家电视台的摄像机，实况转播又一家投资银行的倒台。"已经有猎头给我打电话了！今天晚上回家有事情做了，更新简历！"老公告诉我。这些人真是长着鲨鱼鼻子，这么快就锁定目标，开始行动了。

最坏的情形是老公很有可能丢掉工作，失业N个月。我因为2008年刚进入花旗银行时签的工作合同中有条款保证当年薪酬，等于有一份短期保险。我把我们家的所有资产情况在头脑里过了一遍。前两年股市虽然牛气十足，我也只是把我们俩一部分的退休基金放了进去，那些钱法律规定59岁之前不能取出，是真正的长期投资。即使在那部分里我也留了将近1/3在比尔·格罗斯

（Bill Gross）的债券基金里（那只基金是这一场风暴里我们的退休基金投资品种中唯一不是负回报的）[①]。我们在 2007 年年底提前还清了房子贷款，没有固定还款的压力，现金盈余都安全地躺在银行里。几个月前看到雷曼、美林、花旗等一票华尔街投资银行股价下跌，我曾经有点动心想进场抄底，后来冷静了一下，觉得我和老公都在华尔街"讨生活"，再去买华尔街公司的股票，有点冒双重风险之忌，便没有行动。好险！因为市场一直波动，我觉得风险很大，宁可按兵不动，现在看来现金闲置成了我最正确的投资选择，即使最坏状况发生，花旗也破产，我们的现金"安全网"也还可以支持我们相当一段时间。我深深地舒了一口气。

事态没有向最坏的方向发展。雷曼宣布破产的第二天下午，巴克莱资本（Barclays Capital，即巴克莱银行的下属投资银行部分）的总裁鲍勃·戴蒙德揉着因为熬夜谈判而通红的眼睛走进雷曼兄弟纽约总部的交易大厅宣告："你们有新家了。我们将尽快恢复正常，尽量保护大家的工作。希望大家安心回到自己的桌前，我们需要你们的聪明才智！"整个交易大厅响起了热烈而持久的掌声，平时不可一世的交易员中有人流下了激动的眼泪。而花旗也接受了美国政府成为自己的最大的股东，从而站住了脚跟。我和朋友开玩笑说，我现在是在为"美国工商银行"工作，真没想到我从遥远的中国来到资本主义圣地纽约，转了一大圈又在给"国企"打工了。

回想起来，那几天的经历就好像坐过山车一样。但是我并没有惊慌失措，因为接受上一次经济危机的教训——与其梦想靠压

---

① 2008 年，除了国库券之外，美国所有资产指数的回报率都是负数。

对一个IPO而一步登天，不如分散风险稳扎稳打，我没有把所有的鸡蛋都放在一个篮子里，受市场波动影响最大的部分也是投资期限最长的部分。时刻警惕着不开倒车是最有效的进步，债券投资在股市最黑暗的时刻为我们家力挽狂澜。还有一点就是在我们家有两根顶梁柱，抗风险能力大大加强。尤其是在雷曼兄弟命运未卜的那两天里，我的半边天镇军心的作用还真是发挥得淋漓尽致——老公也说"军功章有老婆的一半"，不再像上次那样束手无策。自从上一次经济危机遭遇惨烈损失以来，我全心全意地花时间花精力亡羊补牢。这一次虽然没有准备到滴水不漏的程度，大局却未破，我们家也没有被迫开历史倒车。

2008年圣诞节，老公说我值得重奖，问我要什么样的礼物："Gucci还是LV的包？"我说，自打法国人纵容专业抗议流氓在巴黎欺负我们举火炬的残疾小姑娘后，我已经从我做起，拒买法国货了。为了给受到重创的美国经济作出贡献，全家一起去我心仪已久的某著名牛排店美酒佳肴饕餮了一顿，"多余"的钱放进儿子的高等教育基金。可不嘛！等他上大学的时候，不管大庙小庙，门槛都肯定很高，爹妈这做施主的，可得攒着点银子！

每个人身边都有"黑天鹅"

　　好了，我的故事到这里就告一段落了。你可能要想：那是在太平洋另一边的美国发生的，适合中国国情吗？

　　事实上，这三次经济危机已经在向中国人的生活步步逼近，这一方面说明了中国在世界经济中的位置，一方面也充分反映出太平洋这个天然屏障在全球化经济环境中已经毫无抵挡之力了。1992年我第一次踏出国门时，美国经济正处于水深火热之中，而我上飞机前浑然不知，到了之后也毫无感觉，经济危机对我而言只是教科书上的一个概念而已，或者有点恐怖小说的意思。这完全是因为那时的中国孤立于世界经济之外，美国的经济状况对普通中国人的生活来说影响不大。第二次，也就是高科技泡沫破灭那一次，中国也赶上了从硅谷传来的互联网浪潮，中国股市也借着网络股的西风疯狂了一把，最后也跟着美国股市大熊的来临而黯淡收场。不过假如你不是互联网精英或者没沾多少股疯，普通中国人在那一次风暴中大都毫发无损。而2008年这一次，光从中国政府出台全球最大的经济刺激方案这一点就足以说明问题。2009年年初我回江苏老家探亲，让我感觉最深刻的就是高速公路两边很多的厂房在夜里早早就黑了灯，而之前我每次回国都为那些一天三班倒、机器昼夜轰鸣不歇的景象所触动。我见朋友时都有话在先：本人来自猪流感疫区和金融海啸重灾区，跟我握手，后果自负！美国生病，中国也被传染，这句话不仅仅是一个比喻，也是双重现实。

中国成为世界经济复苏的动力机车头，值得每一个中国人自豪。然而，你有没有想过这到底意味着什么？这意味着当下一次经济危机不可避免地到来时，中国不再会处于暴风眼的安全距离之外。开放的国门带来的绝不仅仅是五光十色的时尚，日益全球化的经济大潮下暗流奔涌，你的阵地随时有可能遭遇"水漫金山"。如果你毫无准备，手里没啥牌或者只有"别人的牌"，后果可就难以设想了。在"黑天鹅"面前人人平等，博士也好，MBA也好，白马王子也好，都和你一样被动！一个很说明问题的事实是：美国劳工部数据表明，在2008年，女性占全部就业人口的47%，而美国新失业人口中，75%是男性。也就是说，金融危机对男性的打击要远远超过女性。而且到时候你比现在又长了若干岁，少了些许青春本钱，你有多少胜算迎接生活的突袭？你还有多少机会可以浴火重生，东山再起？

难以抗拒的人口趋势

中国的计划生育政策在起到了遏制人口增长的积极作用的同时，也带来了新的社会难题。设想今后的家庭结构是二拖五——小两口上有四老（可能还不止这个数），下有一小——即使中国人的养老美德不败，现实情况也将是年轻人心有余而力不足。你若不趁自己年轻力壮时打好基础，难道指望下一代来背包袱吗？这种指望在中国特有的社会家庭结构面前有多少可能性呢？

另外一个人口学方面的事实是，男性的预期寿命普遍低于女性，80%的男性在过世的时候是有配偶的，而80%的女性在辞世时是单身。这说明，老年女性大部分是"独行者"，即使是"白马王子们"也不能违抗自然规律，永远在你的身边呵护你、照顾你。

著名历史学家、哈佛大学教授尼尔·弗格森在他的著作《金钱的崛起》中写道："金融全球化意味着这个世界在经历了过去100多年的分化发展之后，再也不能被整齐地划分成富有的发达国家和贫穷的发展中国家了。世界各地金融市场之间的联系越紧密，具备金融知识的人在全球的机会就越多，而缺乏金融知识的人恐怕将越来越可能走下坡路。从收入分配上来讲，这个世界不是平的，就是因为资本的回报率比起不熟练和半熟练劳工的回报率来要高得多。假如你'懂这些玩意儿'，你就能得到前所未有的酬劳。假如你是金融知识盲，你就会受到前所未有的惩罚。"

认识"黑天鹅"，给自己一份警惕心，就从今天开练理财功吧！

幸福财女智慧

- 不利用危机，就是最大的浪费。
- 隔岸观火不是犯罪，隔岸观火却不思防火才是大错。
- 失败的生活体验往往是你最有用的感悟。
- 在"黑天鹅"面前人人平等，博士也好，MBA、白马王子也好，都和你一样被动！

第二章

财富长什么样子
——女人应有的财富观

有的人有钱，有的人富有。

——法国著名时装设计师　可可·香奈儿

钱只是一种工具。它可以载你去你想去的地方，但是它不能取代你作为司机的位子。

——自由市场经济学家　爱茵·兰德

最好的投资莫过于投资于你自己。你的最佳资产就是你自己。

——"股神"　巴菲特

来个绕口令："别把钱财当回事，别把钱财不当回事，别把钱财太当回事，别把钱财当一回事。"

这个绕口令难度不高。前面三句也比较好理解，最后一句可能让人愣一下：什么意思？这一句指出的是太多人把金钱和财富等同，并且抱着这样的观念，热情高涨地"理财"。

"理财"属于那些人人都挂在嘴边，却理解得很肤浅甚至错误的概念。最常见的解释就是努力攒钱，把攒的钱拿去投资，让钱生钱。

攒钱人人都会：不乱花钱，定期储蓄，未雨绸缪。

省吃俭用，精打细算，被视为贤妻良母的必备品质。有的人很会攒钱：滴水不漏，只进不出，东西不减价绝不买，不必要的开支绝不执行，家里堆满了商店促销的免费赠品，经常揩一揩老爸老妈或者公家的油，吃自助餐一定要吃到餐馆老板心疼，严格控制老公的钱包……

可是，世界上没有一位富翁或富婆是靠节约攒钱攒出来的。再者，攒钱的过程很像节食，根本没什么乐趣可言。这样的生活好比给自己戴上金钱的脚镣手铐，一路走起来负担沉重，无心再顾及生活的其他方面，无法享受沿途的多样风景。难怪不是人人都能做到或者一直坚持的。

很多人热衷于投资理财，整天寻找什么东西涨得高，追捧明星基金经理，上班也炒股，希望一锤定音搞定一个超级赚钱的投资，让自己的存款数字撑竿跳。

这样的"理财"和攒钱的境界半斤八两。你可能这里那里赚到点儿小钱，但是整个过程被偶然性驱使，并且远远没有发掘自己的潜力，因而大多效果不佳。

还有的寄希望于嫁给一个好老公，直接晋级"富婆"，免了操心吃苦，不再费劲理财，钱最好多到能花钱随意如流水。然而这样的"富婆"其实穷得除了钱什么也没有。

那么应该怎样理解财富？理财到底指什么呢？

财富的面孔

爱因斯坦有句名言："不是所有算得清的东西都算数，不是所有算数的东西都能算得清。"这句话用在"财富"这个概念上，非常贴切。

假如我们给财富来个成分分析，钱和有价物品占的比重不小，但绝不是全部。如果你认为财富仅限于银行里的存款、工资收入、住的房子、开的车、戴的珠宝的价值等，你可就大错特错了。很多人在盘点自己生活时，只看到了那些物质的、短期的、明码有价的东西，而忽略了那些无形的、隐性的、难以量化的东西，结论的偏差可想而知。根据这样的结论去行动，误入歧途或步入雷区是迟早的事。

每个人的生活都可以用一张"人生资产负债表"来概括。左边是你的资产，右边是你的负债和个人财富。假如你的资产超过了负债，你拥有真正的财富。假如你的负债超过了资产，你拥有的财富是假象。某种意义上，财富是"衍生品"，是你的资产和负债互动的衍生结果。那么什么是你的资产，什么是你的负债呢？

《富爸爸，穷爸爸》一书的作者罗伯特·T·清崎给"资产"和"负债"下过简单明了的定义："资产就是将钱放进你口袋里的东西，而负债则是把你口袋里的钱拿走的东西。"更完整详细地说，资产就是预计可以带来现金流入或者让你享受某些好处的资源，而负债就是导致现金流出或者会浪费你的精力和时间的项目。

具体而言，你名下的银行存款和证券投资可以归入金融资产，你住的房子、开的车、戴的珠宝可以归入实物资产，这两者均可算做有形资产，而你本人是你最大的资产——人

富婆公司资产负债表	
资产	负债
金融资产	个人生活方式
银行存款	
证券投资	债务
	信用卡账单
实物资产	房屋贷款
汽车	汽车贷款
房产	
珠宝	责任
	保健医疗
	子女教育
人力资产	父母养老
天生条件	
挣钱能力	
人际关系	个人财富

图2-1 富婆公司资产负债表

力资产。最后一条是很多人——尤其是女性，没有意识到的。

人力资产主要指你的挣钱能力，也就是凭你的个人能力未来收入能达到什么样的水平。一般来讲，这跟你的职业相关性最大，另外，你的天生条件（例如容貌外表、智力水平、个性脾气等）、你后天的努力和你的人际关系网络（包括你所有的家庭及社会关系）也都对你的挣钱能力有举足轻重的影响。人力资产是最难定量的资产，因为它的价值是在未来实现的。对绝大多数人来说，人力资产是能够带来最高收入的资产。很不幸的是，绝大部分的人都把注意力放在金融资产和实物资产这些有形资产上，却忽视培养自己的人力资产。一般来讲，在你刚刚踏入社会时，你的人

力资产开始积聚，但是创收较低，主要成分是预期未来价值。你的人力资产创收的"高峰期"大概在"人到中年"时段，但是那时人力资产的预期未来价值就要开始走下坡路了（详见本书第四章以及第九章）。

人际关系是你的重要资产

不管你在哪个地方工作、生活，人际关系是让你成功、顺利和快乐的重要因素。

你的朋友、同事、熟人等是你的资产的重要部分，尽管这一部分很难确定具体价值。我们一生中会遇到许多人，其中一部分人会成为我们社会网络的组成部分。我们与他们有许多共同的经历、爱好、理想，因为这些共同的东西我们经常走在一起。我们在与他们的互动之中可以互相学习互相受惠。通常互动越多，给对方带来的益处就越来越多。这个社会网络就像一个非正式的"互惠银行"，它给你带来的"恩惠"可以是很重大的，比如介绍工作，为你与关键人物牵线搭桥；也可以是很琐碎的，比如帮你买张热门演出的票，替你接送一下小孩上学之类的。这个"互惠银行"对于"存入者"和"取兑者"都有好处，因为每一次互动都可以加深、拉近互动双方的关系。你的社会网络经常可以给你带来意想不到的机会，从而使你的生活变得更加丰富，提高你的生活质量，有时还可以帮你省时省力省钱。

假如你还没有拥有成规模的社会网络，现在开始也

不迟！没处着手？想一想，你有什么爱好，有没有机会
参加志愿者活动。从这些地方开始，有意识地去寻找和
接触与自己有相同点的人。记得要乐于助人，因为人际
关系是双行道。

　　做个有心人，相信很快你的人际关系资产就会蓬勃
生长起来了。

　　与此同时，你的负债包括债务和责任。你从银行贷了款买房
买车，每月的还款就是你的债务。你用信用卡划账，你就欠银行
债务。前者你可以分好几年还清，后者你得每月还清。而你的责
任（有时候在你心目中以"目标"的形式出现），例如子女上大学
的学费、孝敬父母尽养老义务、医疗费用等（另外还该算上"天
有不测之风云"，也就是 2008 年全球金融危机催生的流行名词"黑
天鹅"），由于它们是潜在的、未来的事项，在当前没有直接要求
你付出财力精力，"眼不见为净"，所以经常被忽视甚至压根不被
纳入视野。

　　至于个人生活方式也被列入负债就不难理解了。你是否经
常在餐馆吃饭而不怎么在家开伙？你是否每年雷打不动到国外旅
游？你是否养成定期美容习惯？你是否很享受每天一杯星巴克咖
啡……所有这些体现你对生活质量的追求、已经成为你日常生活
一部分的活动都需要持续的现金支出，和你住着房子要还房贷性
质相同。特别是当你退休后，没有固定工资进账，这些生活习惯
支出的负担就更加凸显。

　　我们可以从这张资产负债表上得到什么启发呢？

第一，财富 ≠（金融资产+实物资产）。如果你听说"某某很有钱"，那只能说明某某拥有一定数量的有形资产而已。同样，你也不用因为存款数字达到N位而沾沾自喜，或者因为住不上豪宅、开不上靓车而自惭形秽。财富还应该包括那些不能全部用数字来概括的东西。

第二，人力资产（无形资产）和未来责任这两个影响财富的重要因素因人而异，因时而变，所以财富严格地讲没有可比性。你需要向自己的目标看齐，没有必要和周围的人相比。"个人资产负债表"的质量也在很大程度上取决于这两个因素。

第三，资产、负债和财富都是动态的。做资产负债表就像按快门，给你的财富来个快照。这上面的每个项目都在不断变化。财富在资产和负债的此消彼长之间变动，变好变坏取决于你如何管理资产和负债两个方面。好比行船划桨，如果只在一侧用力，船无法前进，顶多只能原地打转，搞得不好还会翻船。应该定期重审更新自己的资产负债表，把自己生活中的变化及时融入其中，不打无准备之仗！

第四，资产负债表上的项目没有好坏之分。资产并不是越多越好，因为各项资产的特性不一，金融资产受市场短期影响大；实物资产不像股票那样忽上忽下然而却流动性不高；人力资产很大程度上取决于你自身的天赋加努力，但是投入产出的时间跨度较长。关键是建立合适的资产分布比例。

第五，同样，负债也不一定越少越好。你的实际债务成本并不就是银行收取的利率。例如，在高通货膨胀的环境下，担负长期固定利率房贷的房奴就可能成为将军，因为通货膨胀把实际债务负担贬值了。还有，谨慎利用财务杠杆可以放大回报。关键是控制风险，不被生活的突袭搞得措手不及。

资产负债表上的数字不可能精确到小数点后 N 位。更多情形下，你只能作一个比较合理的估测。数字是否精确其实并不要紧。构建个人资产负债表的过程中你可以系统地认识自己，培养自己的财富观。通过资产负债表来透视生活，你的思路可以更加周全，判断可以更加敏锐，不会被一时表面现象所迷惑（光注意到左边的资产，不顾及右边的负债，就像用一只手鼓掌一样，孤掌难鸣，事倍功半）。投资不光是攒钱炒股——那些只是生活的一隅，个人资产负债表上的局部。投资还应该包括投资于你的人力资产，也就是你的个人素质和你的人际关系。理财是把握生活的动态，充分有效地利用和发展自己的资源，有准备地应对各种生活的挑战，是为自己创造有质感的生活。

对于女性而言，因为历史，因为传统，因为基因，女性在很多方面处于劣势，因此人力资产就显得尤为重要。生活中很多成功、聪明的女性，她们不一定具有资产负债表的概念，但是她们的行动非常符合这样的思维。她们懂得生活的艺术、爱护自己、投资于自己，珍重爱情、友情、亲情，善于巧借东风，乐于协作共赢，完美结合内在和外在的个人魅力。这样的女性不仅拥有高智商，更拥有高"财商"，是真正有内涵的"财女"。[①]

---

① 参见本书第九章"比较女人学"。

"美貌"

——是资产还是负债?

中国有句成语:"红颜薄命",说的是美貌带来不幸居多,似乎应该归入负债栏。

可是近年来社会对外表的重视与日俱增,整容行业的欣欣向荣似乎在证明,"红颜"的资产效应已经占了上风,要不然为啥那么多女人以无所畏惧的气概主动投身美容刀下?我记得在一位任职于北京某大型企业的朋友那里看到应聘者的简历,那上面不光贴着专业影楼里拍出来的"写真"照,还罗列了个人关键信息,详细程度令我非常吃惊:身高、体重、年龄等,一应俱全——简直就是体检档案!我对朋友说,要在美国,你们公司这么以貌取人,可得被告上法庭,而且一定输得很惨。朋友说,这个职位与客户打交道很多,外貌是竞争力的重要部分,美国人就是虚伪,其实也在乎这些,就是不明摆在外头罢了,瞧瞧那些跨国公司要员和华尔街人士,哪个是歪瓜裂枣,光心里美来着?

除了在职场上,外貌在婚姻市场上的价值也越来越重要。亿万富翁征婚之类的新闻早已让人见怪不怪。他们的征婚条件也没什么创意,常见的就是年轻美貌温柔加大学文凭,上钩的女孩还真不少，不过也情有可原：现代社会竞争激烈，瞬息万变，只有外貌是属于自己的，好好经营这项资产，收获个有钱老公，比起凭个人力量打拼来站住脚，似乎要容易得多。常常听到有人议论，某某美女嫁入豪门，出门专机专车进门保姆伺候，过着天堂般的日子，她除了长得漂亮以外，哪里还有什么别的本事？愤愤不平之余，"美貌是资产"这个概念已经被广泛地"内化"吸收了。

人天性爱美，如果你的天赋资产可以让你比别人多一点优势的话，好好地利用一下，无可厚非。但是，拥有天生（或人造）美貌并不和你的出路好坏有必然的联系，正方反方的例子都举不胜举。就像一辆豪华的宝马跑车，在驾驶高手那里，可以成为"终极驾驶机器，让你比别人更快到达目的地，可是在一个生手那里，就有可能成为杀人武器。同样，长相出众可以助你成功，也可以拖你后腿，尤其是当你除此之外，一无所有的时候。

需要特别指出的是，美貌这项资产过期很快，贬值也很快。

前一段时间互联网上有一个署名为"漂亮姑娘"的网友表达了她的疑问："很坦率地说，我今年25岁，很漂亮，很有品位，我想要嫁给年收入在50万美元以上的男人。我怎样才能找到这样的男人？那些有钱的单身王老五平时在哪些地方出现得比较多？能否提供他们常去的酒吧、餐馆、健身房的名字？我该针对哪个年龄层下手把握比较大？如果你符合我心目中的单身贵族的标准的话，请告诉我你是按照什么标准选择女朋友和妻子？"

各种各样的回答都有，讽刺挖苦居多，感叹鄙视的也不少。但最令人击节的回答来自一个号称"摩根大通银行总裁"的网友：

我非常有兴趣地阅读了你的问题。可能有很多女孩子都有与你一样的困惑，我想从一个专业投资者的角度来分析你的问题。

我的年收入超过 50 万美元，所以我想我的回答并不会浪费我们双方的时间。坦率地讲，娶你是个很坏的商业决定，原因请听我解释。

不谈其他的细节问题，你提出的问题的本质其实是想用美貌交换金钱。甲方提供美貌，乙方付钱获得美貌，挺公平的。然而问题在于，你的美貌会一年不如一年，我的钱却不一定会越来越少。事实上，我的收入有可能一年更比一年多，而你绝对不会越来越漂亮。从经济学角度来看，我是会升值的资产，而你却是会贬值的资产，甚至不是普通贬值，而是加速贬值。要是你的漂亮是你唯一资产的话，10 年后你的价值就微乎其微了。

用华尔街的行话来说，跟你约会只是建立一个交易头寸。如果这个交易头寸的价值会下跌，它就不值得长期拥有，而应该被尽快卖掉。你要的婚姻也会被同样地估量。也许这么说很残酷，但是不做蠢事的前提是，该卖就卖，该脱手就得脱手。

任何能挣到 50 万美元的人都不蠢。我们会跟你约会，但不会娶你。

我的忠告是，别再浪费时间寻找嫁给有钱人的诀窍了，你可以去琢磨怎样把自己变成年收入 50 万美元以上的富人，那比你找到有钱蠢人的可能性更高。

希望这些建议对你有用。

一个人的外表除了遗传以外，内涵的影响也相当明显。内涵就像保鲜剂，可以延长你的外表这项资产的使用寿命，可以为外表增添光彩，让你独具魅力。16 岁的你拥有无敌青春，可那不是你的功劳，60 岁的你仍然保持魅力，那时你才能真正为自己自豪。美国影星伊丽莎白·泰勒和意大利影星索菲亚·罗兰，年龄相仿（分别出生于 1932 年和 1934 年），年轻时都拥有炫目的美貌。然而，步入老年后、只相差两岁的她们，却有天壤之别。伊丽莎白·泰勒疾病缠身，多次整容也无法掩盖她的迟暮。索菲亚·罗兰则依然精神奕奕，光彩照人，2009 年金球奖颁奖晚会上，75 岁的她丝毫不输给年轻人。这种差别与她俩的生活哲学和生活方式非常有关。

伊丽莎白·泰勒年轻时非常放纵，抽烟、喝酒、吸毒样样都来，派对通宵达旦，换丈夫像随季节换衣服一样（她一辈子"梅开八度"①）。索菲亚·罗兰作为虔诚的天主教徒则非常注重个人身心健康和家庭生活，她和丈夫共同生活了 57 年，直到他 2007 年去世。当被采访问到保持美丽的秘诀时，索菲亚·罗兰回答："长得美不会有坏处，但是你还得拥有其他东西。你得让你的大脑发挥作用……得有青春泉。它在你的脑子里，体现在你的才能里，体现在你给自己和自己所爱的人的生活带来的创造力里。要是你能够打开青春泉，你就能真正战胜年龄。"

总之，在你的个人资产负债表上，美貌被归类在左边还是右边取决于你自己。

幸福财女智慧

- 财富的成分不光是钱物。
- 资产－负债＝财富。
- 理财不只是炒股攒钱，更多的是经营人生。
- 只看到那些物质的、短期的、明码有价的东西，而忽略那些无形的、隐性的、难以量化的东西，误入歧途或步入雷区是迟早的事。

---

①　就在本书快要完稿之际，传来伊丽莎白·泰勒再度订婚，"梅开九度"的消息。

第三章

爱命如钱
——人生是个投资组合

我们的生活都是自己创造的，我们的生活是我们个人行动的结果，而不是我们自身条件的产物。如果我们认真学习做对某些事情，我们就可以成功。

——《高效能人士的七个习惯》作者　史蒂芬·柯维

要是你先确立目的地的话，你最后会来到你不想去的地方。

——美国著名棒球运动员　约吉·贝拉

爱钱如命的人，生活是颠倒的。英语里有个形象的说法，叫"把马车放在马的前面"，后果如何，毋庸多说。

但要是我们爱命如钱呢？

人生被比喻成很多东西。传统的比喻有舞台、酱缸、一场梦等，大多比较有哲学气息，深沉得很。互联网上最新流传人生如茶几说，"充满了杯具（悲剧）和餐具（惨剧）"，看似幽默，充满了时代气息，其实也很黑色很沉重。

这里我们讲的"爱命如钱"指的是把人生看成一个投资组合。

这不是〝为赋新词强说愁，为论理财乱贴标签〞——且听我把投资组合管理与经营人生的相通之处慢慢道来。

投资组合管理和经营人生都像参加〝开放式〞考试：考题没有唯一正确的答案，但是这并不意味着这样的考试是毫无章法、随心所欲的。面对这样的〝考试〞，你最后得分的高低和你是否能够有纪律、持续地遵循某些原则有相当大的关系。

投资组合管理是什么?

"不要把所有的鸡蛋都放在同一个篮子里。"这句话大家都知道,但是把鸡蛋放在几个篮子里才合适呢?什么样的鸡蛋放在什么样的篮子里呢?好像就没有现成答案了。投资组合管理就是琢磨用怎样的篮子装鸡蛋,让你的鸡蛋成功地孵出小鸡,然后再生出更多的鸡蛋,然后再孵出更多的小鸡……

斯坦福大学的哈里·马科维茨教授在 20 世纪 50 年代把这个篮子鸡蛋之道"提炼"成数学模型,开创了投资组合管理理论的先河。他后来因此获得了诺贝尔经济学奖,而学现代金融理论的人念的第一本经必是他的投资组合理论。这个理论的用处不是让你投资百发百中,只赚不赔。这个理论最深远的影响是它对投资管理的观念进行了一场革命。在马科维茨之前,"投资组合"这个概念是不存在的,也就是说,人们对投资的评估是孤立的,认为高回报投资多多益善。20 世纪五六十年代的美国流行的"nifty-fifty"(50 种最绩优股票)就是一个典型的例子。胆子小的就全部买国债,胆子大的就到股市上去冒冒风险,就是没有人玩组合。但是马科维茨发现,有些资产种类的市场表现相关性很强,有的正相关—— 就是要跌一起跌，要涨一起涨。有的则负相关或毫不相关—— 就是你跌我涨，或者相互八竿子打不着。假如你投资在呈正相关的资产类别上，你的投资过程就会像坐过山车一样忽上忽下，波动性很高。相反，假如你投资在呈负相关或不相关的资产类别上，你的投资过程就可以东边不亮西边亮，总体平稳。

因为有这些（非）相关性关系的存在，针对于每一个投资人不同的风险口味，我们都可以设计一个效益最高的投资组合。假如以风险承受度为横轴，以回报率为纵轴，我们可以画出一条"最有效益投资曲线"。这条曲线的右下方是"梦魇区"，表示你承受高风险，却远远没有得到相应的回报。这条曲线的左上方是"桃花源"，表示你得到的回报远远高过你的付出。而投资组合管理的目标就是尽可能地靠近这条曲线。

天下没有免费的午餐。马科维茨用数学公式把"午餐"的价格——波动性这个风险因素，透明化了，并且指出利用各类资产之间的相关性可以控制波动性风险，从而大大提高了投资资金的使用效益。从此以后，投资人和投机人开始分道扬镳。真正的投资人，投资之前对投资目标和风险喜好进行清醒的评估，同时盘点好资产负债状况和现金流需要，然后科学地选择和组合资产类别，即在"最有

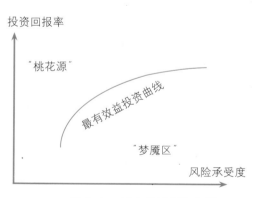

图 3-1　最有效益投资曲线

效益投资曲线"上找到符合自己的位置，并配以严格的风险控制标准和手段。在发达国家，今天盛鸡蛋的篮子不再是简单的股票、债券、现金，而是能有效分散风险的多类资产投资组合。衡量投资绩效时注重风险投入，把每一分钱都用在刀刃上，这成为投资决策和评估的焦点。

人生也是个投资组合

那么人生又怎样和投资组合管理产生联系呢？

人生就是经营生活的过程。正如投资人总是希望自己的投资组合的价值一路上涨，每个人也都希望自己的生活越来越好，从生活中收获越来越多自己想要的东西，让自己的每一个时刻的资产负债表都"固若金汤"，积累的财富越来越多。生活有很多层面（财女公司资产负债表上概括总结了几大类），你的每一个行为都在对你的生活产生影响，是对生活的投资。你选择某种职业，期待这个职业能给你带来丰厚收入和个人成就感，就是对自己的职业发展投资；你选择爱人，付出感情，期待他能够和你天长地久，就是对自己的爱情婚姻投资；

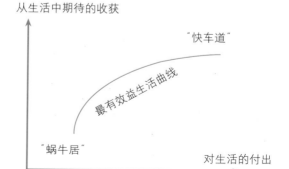

图3-2　最有效益生活曲线

你为培养孩子投入精力和财力，期待他们长大后成龙成凤，就是在为下一代投资。对女人而言，爱情婚姻、家人子女、职业发展、个人身心这四样应该是最突出的人生投资。生活就是由无数个这样的"投资"决定和举动组成，幸福就是所有这些决定和举动的结果的总和。它们之间的相互关系因人而异，且在不同的人生阶段有不同的体现。你就是你生活投资组合的基金经理！

如何处理好这些"投资"项目，成为一名成功的生活组合基金经理？假如我们以每个人对生活的付出为横轴，以每个人从生活中期待的收获为纵轴，我们也可以画出一条类似"最有效益投资曲线"的"最有效益生活曲线"。使自己的生活状态靠近"最有效益生活曲线"，是经营好生活这个投资组合的诀窍。

历史上很长一段时间内，女人除了家庭之外没有任何别的选择，女人的幸福完全取决于命运的安排。到了近代，女权主义崛起，其中的激进分子把使女人与男人绝对平等作为目标。这两种极端的生活状态被一种"投资"项目主宰，显然都远离"最有效益生活曲线"。虽然我们没有精确的数学公式来计算出"干得好"和"嫁得好"应该在你的生活投资组合中各占多少比重，但我们向"最有效益生活曲线"靠近还是有章可循的。下面这三条投资组合管理的基本教义非常值得借鉴。

表 3-1　借鉴投资组合管理的基本教义

投资组合管理的基本教义	在人生投资组合管理上的意义
投资组合的回报与其承受的风险是密不可分的，管理好投资组合的第一步是要确认自己的目标和自己的风险承受度	对生活有美好期待，也要准备付出。在最有效益生活曲线图上，你先要确认自己在哪个区域最舒适自在

（续）

投资组合管理的基本教义	在人生投资组合管理上的意义
把你的资金投向尽量多的不相关或低相关性的资产类别，以分散风险	人生旅途漫漫，世事难料，挫折打击难免，最好的防卫是"多种经营"，爱情、家庭、事业都要投入。你为每一项付出的精力固然影响你生活的收成，但并不是付出越多越好。因为这些生活行为相互关联，你在某一项上的付出会连带另外几项也发生变化
一项投资是否值得必须放在投资组合的环境下来判断。如果它不能提高整体组合的效益，它对这个组合而言就不是一项好的投资	他山之石，不一定可以拿来攻玉。漂亮的水晶鞋穿在灰姑娘姐姐的脚上，只会让她们摔跤。别人的生活投资不管如何精彩，都不应该成为你仿效的唯一原因

　　投资成功与否并不光看你在"投资回报"纵轴上爬得多高，还要看你在"风险"横轴上的付出有多少，你的生活是否最优化也同时取决于你的资产配置、你的收获与你的付出。假如你能在作出生活投资决定之前有意识地遵循这个思维模式，你的个人资产负债表一定可以越来越漂亮！

找到自己的位置

　　人生投资组合管理的第一条规则是在"最有效益生活曲线"上找到属于自己的位置——这个位置的横坐标是你对生活的付出，纵坐标是你对生活期待的收获。

　　对生活的期待和对生活的付出，属于"不可数"族类，我们无法把它们像投资回报率和可承受风险程度那样量化。我们用什么来衡量"期待"和"付出"？生活富足安定，家庭和谐美满应该是绝大部分人的期待。银行存款达到N位数、住上豪宅、开上靓车、子女考上名校、行遍五湖四海、看尽人间美景、和爱人白头偕老……但它们都只是美好期待的一部分，它们之中没有一样可以单独成为一个相当于投资回报率那样的量化指标。同样，你对生活的付出，包括时间、金钱、精力、感情，想要给这些物质的和非物质的、有形的和无形的东西一起贴上一个合适的数量标签，就像叫你回答牛头加上马嘴等于什么一样难。

　　你可能要说，既然无法给自己画出确切的坐标，那么这个"最有效益生活曲线"图还有什么意义？

　　让我们回想一下，在指南针发明之前，人类基本上被困在一个很小的地理范围内，顶多只能在想象中遨游外面的世界。指南针发明之后，人类凭着指南针给出的大方向开始探索远方的未知世界。那时还没有能够给出精确方位的地图，相反，地图是人类摸索之后的成果。

"最有效益生活曲线"的作用类似于指南针 ——给你大方向。虽然它不能帮你绘制好人生地图，让你按部就班地走设计好的路线，但是它让你明白生活中收获和付出的关系，让你知道如何判断什么样的收获期待是现实的，什么样的付出是值得的，什么样的生活轨迹是理性的，什么样的生活态度是让你走最少弯路的。

说实话，不知道自己到底想要什么并不是什么致命的缺陷，相信我们每个人都有这种时刻。了解自己可能是世界上最困难的事情之一，尤其是在面对众多选择的时候，更加容易产生疑惑。以洞察人性为职业的"旁观者"弗洛伊德先生都感叹："尽管我已经研究女人的心灵30年了，还是有一个大问题无法回答，那就是'女人到底想要什么'。"所以，我们这些"当局者"感到迷茫也不为过。

对待"最有效益投资曲线"图，有这么几个大方向：我们绝对应该避免右下方"梦魇区"——付出代价很高，但是对你的投资组合没有提升作用；对左上方"桃花源"——很少的付出却带来不错的回报，抱一点怀疑，少一点幻想。而"最有效益生活曲线"图中右上方的"快车道"——付出很多，收获也很多，虽然爽，却不能稳定持久；左下方的"蜗牛居"——没啥付出，也没啥追求，有消极看穿红尘之嫌，不值得鼓励。

如果你知道什么是你不想要的，你已经给自己奠定了一个有利的起点。

假如你一点儿也不知道从哪儿入手来给自己定位的话，下面这个最新的社会调查结果可以帮你开个头。也就是说，了解你的"同类"们的"典型"需要和追求，然后把自己跟她们进行对照，看看自己所处的位置是"合群"还是"走偏锋"。

波士顿咨询公司在 2008 年开展了一项主题为"女性与消费"的多选项社会调查，目的是分析现代女性的生活需要以及价值追求。全球 40 多个国家和地区的 12 000 多名各个阶层、各个行业、拥有各种文化种族背景的女性参与了这个调查。调查结果表明，77% 的被调查者认为爱情与两性关系最重要，58% 认为健康最重要，51% 认为品格诚实最重要，48% 认为良好的精神状况最重要。至于什么最让女性感到快乐，42% 选择宠物，27% 选择性生活，19% 选择美食，5% 选择买东西"血拼"，2% 选择社会经济状况。几乎所有国家的女性——无论已婚、未婚、离婚、寡居——都把自己放在第二位，把家人（配偶、子女或者父母）放在第一位。研究人员把女性的需求分成四大类：

- 人际关系：爱情/两性关系，理解、信任、支持、诚实、有责任感的配偶，家庭和睦幸福，与朋友、同事、邻居等关系良好，认同、归属并积极参与某个社区或者群体；
- 精神方面的充实感与成就感：按照自己的标准追求成功和幸福，有自由选择权，有发言权，不受外界条件局限，得到社会鼓励和承认；
- 事业家庭平衡：有够多的时间可以满足生活中个人、家庭内外、事业多方面的追求；

- 物质标准：能够从容掌握收入和开支，喜欢物有所值的东西，在金钱方面具有安全感。

研究人员发现，绝大部分的女性并不简单地因为想挣钱而挣钱。总体而言，她们不是发财狂，也不是金钱至上者，更不是权力欲机器。然而，她们都很重视钱的作用，认识到提高自己收入的意义在于可以提高自己在社会和家庭内部的地位，可以把自己从烦琐的家务劳动中解放出来，可以给自己创造追求个人爱好兴趣的机会，可以让自己和家人的未来更有保障。（嘿，让女人领导世界，世界会更美好！）

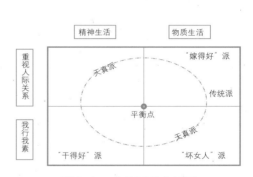

图 3-3 女性需求分析图

对生活的付出和期待的收获与每个人的价值观（它决定你排列个人需要和追求的顺序）是紧密相连的。从图 3-3 不难看出，"嫁得好"派特别重视社会关系需求；"干得好"派特别认同充实感与成就感；"天真派"随性所至，对哪方面都不刻意追求（或者毫无意识）；"坏女人"派往往唯物质标准是求；传统派大多把物质标准放在第一位，其他需求都靠后。她们离平衡点都有距离。

人在各个阶段的平衡点不一样，人生的"最有效益曲线"就是由这一系列平衡点组成的。20 世纪 30 年代百老汇著名喜剧演员苏菲·塔克（Sophie Tucker）曾经俏皮地说过："女孩子从出生到 18 岁，需要好老爸好老妈；从 18 岁到 35 岁，她需要长得漂亮；从 35 岁到 55 岁，她需要有好的个性；55 岁往后，她需要实打实的现金。"被逗笑之余，你更应该看到女人一生中"优先项目"的演变。后半生的安逸，需要前半生有意识、有计划的投入。一般来讲，在你的人生起步阶段，付出应该大于收获，同时你的余地相对比较大，所以你的"时速"可以快一些。你应该着重于体验生活，锻炼个性，培养技能，提升自己的人力资产。等到你的有形及无形资产都积累到一定程度以后，你就应该稍微放慢脚步，给自己时间思考如何管理好、利用好自己的财富，让自己的生活积累有用武之地。

因为平衡点很难维持，女人们常常充满挫折感，其实从一开始就踏上最有效益轨道的人微乎其微。财女非圣女也！假如你目前对照看来自己的位置偏离平衡点，不必气馁，心中知道自己该往哪个方向努力，在努力的过程中收获生活的甜酸苦辣，去经历生活——而不是躲在某个角落或者某人的影子里，你的人生今后才值得回味。

怎么给自己设立目标呢？

先确认这四大类需求中自己"自然"倾向于哪一类，然后再问自己：除此之外，还有什么可以让我感到安全、满足、平和、有成就感？或者坦率地检查一下自己的生活状态，是否有转换方向的需要。回答这些问题可以帮助你把很"虚"的目标具体化。目标就是你对自己未来的设想。请记住以下四个步骤：

第一，把自己想要的东西全都列出来，如"我想要在 30 岁时拥有自己的房子"，或者"我想要在 50 岁退休，然后去周游世界"，或者"我想要把体重维持在××公斤"，或者"我想要在 40 岁时做到××级别"，或者"我想要在 30 岁前把自己嫁出去"，或者"我想要为××希望小学做一点捐助"，或者"我想要和多年前一位有过误会的朋友言归于好"……做到在每个类型里都树立至少一个目标。这样下来你的欲望清单可能很长，你需要仔细考虑其中哪些对你来说是最重要的、最让你有个人成就感的、最能代表你的价值观的，排列出主次。

第二，把你的目标白纸黑字写下来，这个过程可以帮助你把目标进一步清晰化，同时这个举动有助于刺激你的大脑，把你的目标铭刻在你的意识中。有可能的话，把目标量化。（需要多少钱？时间周期多长？）

第三，琢磨要达到这样的目标你需要付出什么代价（时间、精力、金钱，或者全都要），需要经过哪些步骤，并为每一个步骤制订相应的行动计划。前者大多数情况下都有比较现成的信息源，后者则需要你结合自身条件和周围环境来"再加工"。这就好像长途旅行，无论你的目的地在地球的哪个角落，地图都可以为你指明路线。但是用什么交通工具，什么时间上路什么时间休息，走大路还是走小路，这些需要你量身定制，不能照搬别人的计划，因为别人可能是马拉松运动员或者可以乘飞机一日千里。

想提高目标实现的可能性，首先要开始行动！如果你不想花时间花精力的话，那说明你有的不是目标而是白日梦。其次要培养良好的习惯，把投资管理基本教义应用到经营人生投资组合上，向"最有效益曲线"靠近！如果说你的个人努力是引擎，那么良好的习惯就是加速器。再次，巧妙借助"外力"——别忘了人力资产中的"人际关系"部分！除了永远值得信任的家人外，只要你保持判断力和清醒头脑，专家、熟人，甚至想要赚你钱的商家，都有让你可以受益的地方。孔老夫子虽然有过关于女人的谬论，但是他说过的"三人行，必有我师"还是值得长驻我心的。最后，做好心理准备。很多人常常对自己在短期内能取得的成果过于乐观，而低估自己长期努力能达到的成果，因此很容易对眼前的小小不顺失去耐心，进而开始怀疑自己的能力，动摇目标。向前看，不要因为出了点问题就退缩，电影《乱世佳人》的女主角郝思嘉在结尾时的那句"明天又是新的一天(Tomorrow is another day)"，是非常有效的情绪镇静剂。错误是你的财富，后悔、自责、找出气筒，都不如总结教训，让自己在明天变得更聪明。

姐姐妹妹，大胆往前走！

幸福财女智慧

· 对生活有美好期待，也要准备付出。

· 人生旅途漫漫，世事难料，挫折打击难免，最好的防卫是"多种经营"，爱情、家庭、事业都有投入。

· 他山之石，不一定可以拿过来攻玉。漂亮的水晶鞋穿在灰姑娘姐姐的脚上，只会让她们摔跤。别人的生活投资不管如何精彩，都不应该成为你仿效的唯一理由。

第四章

现代女人的"百宝箱"
——女人应该拥有什么样的有形资产？

风险来自你不知道自己在干什么。

——"股神" 巴菲特

对投资人而言，时间是你的朋友，冲动是你的敌人。股市里每天的上上下下是对投资的最大干扰。

——指数基金教父 约翰·博格尔

生活充满了不确定因素，未来收益、利率走向、通货膨胀等。没有人知道它们的走向。然而，我可以保证一件事：那些花时间制订投资计划的人最后肯定比那些没有计划的人要有钱。

——澳大利亚著名财经作家 诺尔·威特克

当年椟中有玉的杜十娘因为有眼无珠的公子哥李甲负心出卖自己，怒沉价值万金的百宝箱并跳江自尽，令人欷歔不已。杜十娘实在是生错了年代，那个时候没有单身女人（哪怕腰缠万金）的立足之地，一旦遇人不淑，女人总是以悲剧告终。

如今的社会，两性平等成为大趋势和文明社会的主流意识，女性有很多选择,若是杜十娘再世,她完全可以痛斥李甲之后潇洒地拂袖而去,寻找属于自己的安身之处。

不过,她光有百宝箱恐怕不够支撑多久。她的百宝箱里全是宝石、玉器、金银首饰。这些东西虽然名贵值钱,但是它们的流动性差。所谓流动性,是指某项资产的可变现程度:你如果要在市场上卖出,需要多长时间才能找到买主,卖的价钱和你的预期相差多少。金银珠宝再贵重,首先不能果腹;其次它们只会损耗,不会增长,有"坐吃山空"之虞;再次萝卜青菜各有所爱,你的蓝田玉可能在别人看来只是块玻璃,你只好"怀宝不遇"。

无独有偶,玛丽莲·梦露曾经主演过一部名为《绅士爱美人》的电影,并在其中演唱了一首经典歌曲《钻石是女孩最好的朋友》:"情圣如法国男人之吻,无法帮你付房租买汽车……股市涨的时候老板对你笑眯眯,股市跌起来,你的好运就玩完儿……有的时候你需要个律师,可钻石还是女孩最好的朋友……到最后男人热情都变冷,女人容貌都变老,只有钻石一如往昔……"

歌曲无疑带有一些调侃俏皮,不过"钻石胜过爱情"的告诫还是为许多女性观众认可的。我看到的最极端的例子是在 1998 年亚洲金融危机中,韩国经济遭受重创,订婚人数减少了 1/4,很多韩国女孩因为男友买不起钻石订婚戒指宁可等待亦不行无钻之礼。当然,梦露美妙的歌舞把钻石对女人的意义艺术地夸张了——钻石是女人的朋友,但是,如果我们把女性必备的有形资产组合比做"百宝箱"的话,现代女人的"百宝箱"里可不能只装着钻石和珠宝。

那么该往"百宝箱"里装些什么呢?这就是资产配置要回答的问题。

资产配置预备班
——资产类别一览

　　美国国父之一本杰明·富兰克林说过："假如一个人把他的钱包放进他脑子里的话，那谁也没法拿走它。投资于知识总是会带来最高的利息。"在往"百宝箱"里装东西之前，让我们先花时间做点儿功课，把有形资产的基本类别和它们各自的特征等基本概念厘清，对今后会大有帮助。否则"百宝箱"有可能变成"潘多拉的盒子"哦！

　　有形资产的类别包括现金、股票、债券、房地产、大宗商品、贵金属、私募股权、另类投资等，这些基本上囊括了供你考虑的所有项目。这中间有些项目如股票、债券、现金、房地产之类的，你可能已经比较熟悉；剩下的那些对你来说可能有点"像雾像雨又像风"，就让我们来掀开它们的"盖头"，仔细打量打量！①

---

　　① 本书最后还附有各类资产的"投资策略概览"——虽然很多策略在目前的中国还没有"出生"，但那也是迟早的事，你可以先睹为快。以后万一碰到满嘴术语的所谓"专家"，也不至于像听天方夜谭似的！

现金

我们的生活中现金无处不在，你可能觉得不必在这上面多费口舌，但是你想过把现金作为一种资产类别来看待吗？你考虑过在你的投资组合里保持多高的现金比例才合适吗？现金最主要的功能是保持流动性和降低整体投资组合的风险。作为一种资产类别，现金除了日常流通中的纸币、硬币外，还包括具有极高流动性的短期货币市场工具——主要指短期国债、商业票据、回购协议等。假如你对这些名词"茫茫然"，不要觉得自己无知，因为这些工具多为大宗交易，是机构们的天地，个人投资者极少能够参与。正因为如此，投资货币市场基金可能是个人投资者获得货币市场收益的最佳工具。

如何挑选货币市场基金？

不要只看收益率。货币市场基金投资于期限非常短（不超过 18 个月）的票据、债券和回购等品种，从理论上讲，风险比较小。但是，有的货币市场基金为了提高收益率，吸引投资者的眼光，可能会悄悄地提高较高风险品种的投资比例。例如，企业短期融资票据这部分投资占比较高的话，可以提高整体基金的收益率，但是企业短期融资票据含有发行企业的信用风险。2008 年雷曼兄弟公司倒闭，无法偿付雷曼短期票据，导致美国历史最悠久的货币市场基金 Reserve Fund 的面值史无前例地跌破 1 美元。挑选时还要看与基金有回购业务往来的对家是否有良好的信誉。信誉差一点的，被征收的回购利率就要高一些，多和这样的对家进行回购业务，有助于提高整体基金收益率。但是假如市场发生重大波动，信誉差的就多了违约风险。假如某个货币市场基金的收益率大大高出同类，你要尤其小心，搞清楚它的投资品种风险分布后再作决定。

货币市场基金的收益率比较低，所以基金费用比例特别重要，你要睁大眼睛，小心不要让你有限的收益都被基金手续费吞噬了。

总之，货币市场基金应该是让你晚上睡觉安稳踏实的品种，而不是你追逐收益回报的地方。

传统证券资产——股票债券

即使是大家都熟知的股票债券，也都有相当的讲究。随着现代金融手段的不断发展，"大路货"的股票债券也开始细分。例如，股票中的蓝筹大盘股和创业板上的中小盘高科技股就很不一样，不同行业的公司的股票也有各自鲜明的特点。目前中国的债券市场还不是很丰富，主要是国库券以及少量的公司债。目前绝大部分发达国家的债券市场的市值规模都比股票市场要大得多，单就这一点来看，不久的将来，中国债市肯定也会走上"百花齐放"的道路。

随着中国日益融入世界经济，海外股票和债券也开始进入中国投资者的视线。当然，2008 年全球金融危机过后，你觉得投资外国证券可能比嫁给老外还要不踏实，这无可厚非，但因噎废食可就矫枉过正了！

嫁给外国人与投资外国证券

对于嫁给外国男人这件事，中国社会已经颇能接受，沙文主义一点的，甚至还鼓吹中国小伙娶外国姑娘给中国人民长脸，然而大部分国人对投资外国证券却心有余悸。目前中国市场上存有的投资海外市场产品的渠道有限，表现不佳，投资者对此没有热情，固然是情有可原，然而，最根本的原因是一个错误的观念在作祟：投资外国证券是高风险行为，国外证券市场可不是光有"牛"和"熊"，还有虎狼横行！

要我说，不投资外国证券才是高风险行为，对此你可能难以置信，甚至嗤之以鼻。中国投资者的绝大部分金融和人力资产被一个突出的风险因素所左右——中国经济成长率。虽然很多人都在讲中国是世界经济增长的引擎，21世纪是中国的世纪，机会都在中国，但是如果我们从投资的角度来看，中国在全球公共交易市场上的权重还是非常低的。另外，在典型的机构投资者的长期资产配置中，新兴市场的比重一般在5%~10%之间，相比之下你把自己的投资组合中大于90%的配置放在新兴市场的某一个国家上面，是不是有点失衡呢？由于中国融入全球经济体的时间还不长，而且高增长率掩盖了很多问题，所以中国还没有"机会"真正体会马克思所谓的"经济危机"。因此，这个高度集中的风险因素还没有被充分意识到，但是我们眼前有大量的触目惊心的例子——墨西哥、阿根廷、巴西、俄罗斯、韩国、不久前的冰岛、最近的希腊等。一夜之间倾家荡产是发生概率相当高的事情。这里尤其要指出的一点是，中国经济增长率这个风险因素决定几乎所有的含中国主题的资产——股票、债券、产业项目、房地产等——的回报率。在中国工作的你，你的工资收入，也就是你的人力资本的主要组成部分，也决定于中国经济。这就是风险过于集中的真正含义。目前大部分的中国投资者，看起来好像把鸡蛋已经放在不同的篮子里，却没有想到这些篮子全都摞在同一个墙头上。一旦这个墙头出现裂缝，后果真的会很严重。

除了隐含风险因素集中之外，中国经济高增长率掩盖了资源利用低效的缺点。证据之一就是，出口占中国经济的比重估计在30%左右，投资则在40%左右，而数据显示，中国出口企业的平均利润率不到2%。[①]钱都被外国人赚走了，但是作为中国投资者你可以选择不为鱼肉，那就是投资受惠于价廉物美的中国出口商品的企业——例如零售商业巨头沃尔玛，以及全球产业链的上游企业——例如澳大利亚、加拿大、巴西等国的原材料公司，它们大部分在国外。

此外，中美两国经济的相关性和依存性也是非常值得关注的。中国政府的大部分外汇储备都投资于美国政府债券，中国的汇率政策也是盯住美元，而且短期内这种状况不会改变。于是，美国经济的疾病很容易对中国

---

① 《人民日报》新闻网英文版，2009年8月25日。

产生不良影响，美元贬值，也许会引得很多偏激民族主义者的一片叫好声，可是，真正的受灾户还是中国人。值得庆幸的是，你还是有避免"美元兴亡，匹夫无策"的处境的招数的——投资那些仍然享有健康经济状况的非美元经济区国家，如北欧、新兴市场国家、能源及自然资源丰富的国家。

金融理论界对于"祖国偏好"已经有相当的研究。"祖国偏好"指投资人投入本国证券市场的资金往往高于最优化的量。在美国，机构投资者投入美国股市和国外股市的平均比例是7∶3（10年前是8∶2），而美国股市总市值只占全球总市值的45%左右。有识之士对这个现状已经开始大声疾呼。相比之下，中国投资者已经不只是有"祖国偏好"了，而是"祖国高于一切"！但是在中国，对这种问题几乎没有任何警示之声。这让我想起20多年前我刚到北京上大学，食堂里的饭菜稍微沾一点荤腥一般都要5毛钱以上，大城市的生活成本让从江南小镇来的我很不习惯（现在的年轻人可能已经很难想象那个年代的物价）。我的一位高中同班好友留在苏州上学，她写信告诉我说，她们学校食堂里的菜很贵，最贵的竟达两毛五！和中国投资者的现状比起来，西方国家内对"祖国偏好"的抱怨是不是很像我同学的"竟达两毛五"的感叹！

中国证券市场的起步晚，发展慢，缺乏深度和广度，这是不争的事实。投资渠道的狭窄，虽然还没到"千军万马过独木桥"的程度，但也足以扭曲资产价格。走出国门，放开眼光，把你的投资机会扩大到全世界——尤其是那些与中国成长因素相关性很低的资产类别，才能让你的投资组合靠近最有效益投资曲线。

其实，嫁个外国老公比起投资外国证券可能更具"挑战性"。了解一个人，并且还要跨越文化的隔阂，需要你付出很大的努力。投资外国证券，你也需要花一些工夫，但是数字在各种文化里的意义相同，不会因为文化背景不同就改变。另外，假如你想"偷懒"，至少你还可以交给专业投资管理人士打理，与外国老公磨合可没法请人代替！

当然，你并不需要完全按照世界股市的比例来配置自己的投资组合。这里强调的是，你要先建立起"放眼世界"的观念，然后有意识地去寻找合适的机会。

"近水楼台先得月"是不错，但是你的眼里可别只有近水楼台，那就成了"鼠目寸光"。

房地产

历史上一直是财富主力军的房地产，在任何人的投资组合里都应该占据一席之地。个人住房的房地产，为你提供躲避风雨的港湾；商务用房的房地产，为投资人提供现金流。长期看来，和其他类别资产相比，房地产的保值、升值能力特别抢眼，但是房地产的流动性是个软肋，房地产价格是中国老百姓心头永远的痛。房价往高走，水往低处流，弄得女人不知道是该嫁房子还是嫁老公。怎么投资才能不成为房奴成了关键所在。

大宗商品

"大宗商品"可不是指需要专门请人搬运的大件物品！这个资产类别包括能源、金属、矿产、农产品等原材料和自然资源。随着中国、印度等新兴市场国家工业化的突飞猛进，原材料和自然资源日益"紧俏"，指数式的需求增长和许多自然资源的不可再生性像两把烈火，让大宗商品的价格"发烧"不已。但是除了潜在高回报率之外，它们还有两个让人青睐的特点：第一，它们是抗通货膨胀的利器；第二，它们的价格变动和股票债券等常规证券市场的走向相关性不高。

在 2008 年的金融危机中，世界各国政府疯狂开动印钞机来刺激经济，虽然扛住了暂时的经济下滑，却埋下了日后通货膨胀的种子——出来混迟早是要还的，这些天女散花一样的纸钞对我们的未来有着相当的杀伤力，那就是通货膨胀引起的货币贬值。想象一下，逛街不再是悠闲的享受，而变成了与时间赛跑的负重拉练——背着装满钱的麻袋抢购！因为大宗商品大多是工农业生产和经济生活的必需品，在通货膨胀的环境下，它们的价格成本可以转嫁到下游，不容易被动贬值，在通货膨胀的万马齐暗的环境里一枝独秀。

另外，大宗商品的价格变动受市场供求关系影响较大，有时还具有明显的季节性，而股票债券市场则被经济周期主宰。因此，大宗商品与传统证券类资产的相关性较低，也就是说，大宗商品与股票的价格走向不同步，甚至异步。历史也证明了这一点。这个特点看起来不起眼，然而在股市经历狂澜之际，它常常可以"英雄救美"，减少投资组合整体的损失，从而降低长期投资波动率。

从今天开始，让大宗商品成为你百宝箱中的镇箱之宝吧！

大宗商品投资有讲究

最近几年能源和矿产价格飙升，很多人都是眼看着大宗商品带来了多年的丰厚回报后，终于决定进场的。结果呢？2008 年下半年大宗商品市场急剧下跌，道琼斯－瑞银大宗商品指数（DJ-UBS Commodity Index）从 2008 年 6 月的最高点到 2008 年 12 月跌幅超过 50%，最近三年内进入的投资者都遭受惨重损失。是不是"一朝被蛇咬，十年怕井绳"，下个结论说大宗商品根本不适合投资呢？当然不是。大宗商品的特点是波动性特别大，和传统股票债券市场的相关性非常低，而且有较好的抗通胀性。了解它们的这些特点之后，我们如何在投资组合中利用它们？

首先，大宗商品和其他资产的低相关性说明它们在投资组合中值得占有一席之地，但是其高波动性决定了它们不应该在投资组合中占过大比重，尤其对风险承受能力低、投资期较短的投资者而言。再者，它们的抗通胀性在通货膨胀率意外升高时尤其突出，因此需要投资人具有一定的灵活性，随时调整战术，最大限度地发挥大宗商品的优势。除此之外，选择什么样的投资渠道（或投资重点）也很重要。被动指数复制型的产品还是主动管理型产品？现货市场还是期货市场？大宗商品产业链的上游还是下游？大宗产品中的能源还是矿产还是农业品？直接投资于大宗商品相关证券，还是间接投资与大宗商品同步的产品，如大宗商品出产国的货币等？最后很重要的一点就是，考虑现有投资组合中是否已经隐含相当量的大宗商品风险因素。例如，很多投资者都很吃惊地发现，过去 5 年内投资业绩跑赢市场的股票基金经理几乎大半都将宝压在能源矿产原材料行业以及大宗商品生产国身上，哪怕他们的基金名字中一点儿也没有大宗商品的影子。这时候要还是机械地搬用投资组合最优化模型计算大宗商品权重，结果恐怕就是在大宗商品市场下行时，你的投资组合跌得比别人更惨。所以必须要全盘考虑所有这些复杂的因素才能作出正确的决定。

有人说，应该把投资的眼光放到 BRAC（Brazil, Russia, Australia and Canada，即巴西、俄罗斯、澳大利亚和加拿大）上，不久的将来还应该扩展到 BRAAC（BRAC + Africa 非洲），而不是放在"金砖四国"BRIC 上（Brazil, Russia, India and China，即巴西、俄罗斯、印度和中国）。巴西、俄罗斯、澳大利亚和加拿大是 4 个拥有最丰富自然资源的国家，也是 4 个自然资源净出口国。它们位处大宗商品市场的上游，拥有定价权，因此也比其他国家多一些主动权和控制权。投资它们，预期回报应该相对较高。不过，你也要权衡利弊。巴西和俄罗斯的开发潜力大于已经处于发达国家阵营的澳大利亚和加拿大，但是巴西和俄罗斯的政治风险却要大于澳大利亚和加拿大。总之，地缘政治因素在大宗商品投资过程中的作用是比较突出的，这与其他资产类别的投资很不同。

私募股权

相信大家对风险投资都已经不陌生了吧。不少中国企业，尤其是互联网行业的公司，都是喝着风险投资的奶水长大的。在它们成为上市公司之前，风险投资基金为它们提供资金，成为它们的所有人之一，这就是私募股权的一种形式。"私募"指的是对某项资产或者某家企业的所有权（即股权）交易不在公开交易所挂牌进行。另外，把已经公开上市交易的公司的股权收购后转化成非上市公司的活动，就是常听说的"杠杆收购"，也属于私募股权范畴。

不要觉得私募股权投资都是衣冠楚楚、讲话总是夹杂着英文的"海归"们干的事，你的周围其实每天都有很多人在进行着私募股权活动。你有没有朋友或亲戚开店，询问你是否有兴趣入股？你和那些风险投资家的差别只在于，他们拿着从别人那里筹来的钱在投资，而你是拿着自己的钱在投资而已。

私募股权投资规模大小不一，但是特征很类似：投资周期比较长，投资风险程度比较高，但是假如你具有伯乐眼光，判断正确，回报是相当诱人的。风险投资这一类的私募股权投资常常关注的是创新事物和革命性技术突破，面对不远的未来可能出现的通货膨胀，只有创新技术才是最有力的对抗武器。除此之外，私募股权投资里这个"私"字把它与常规股市债市的相关性也减弱了不少。

其他另类投资

"另类投资"是一项大帽子，基本上那些不能归入以上几种类别的投资都可以划入此下。这中间最突出的一类就是对冲基金。

"对冲"最初是指基金经理有意识地进行与风险取向相反的投资，半个多世纪之后，对冲基金已经成了神秘或者大手笔操作的代名词了。其实它们的"另类性"主要相对于公募基金而言：它们不能公开招募"基民"；它们在投资范畴方面可以不受限定；投资策略灵活，可以运用各种投资工具（包括使用杠杆，也就是借钱）；收费高有业绩分成等。中国的私募基金以及一些特殊项目的信托计划可以算是近似产品。

虽然说对冲基金这样的另类投资目前在中国还不成气候，但是它们发展壮大的趋势是非常明显的。随着政策的日益开放、市场的日益完善、投资工具的日益丰富，另类投资的用武之地也将越来越大。人说"物以稀为贵"，投资策略也是如此——投资策略的有效性与实施人数成反比。因为"另类"，所以"为贵"，所以值得关注。

收藏品如艺术作品、葡萄酒、名设计师的限量作品等，也属于另类投资部分。收藏品的特点是能保值升值，而且它们的市场价值和其他资产的相关性极低，常常可以"危难之中显身手"。但要收获你收藏的成果，前提是你要有慧眼懂行。同时，顶尖的收藏品也意味着高昂的收藏成本：收藏环境是否合适？保险费用如何？需不需要定期维护？你可不能花了大价钱买回来之后束之高阁攒灰尘了事！收藏品最致命的缺点是流动性差，价值连城却不能兑现，就像希腊神话中的米达斯国王，通晓点金之术，被黄金环绕，却差点饿死。所以在收藏品市场成熟发达的西方，收藏者很少仅仅从保值升值（也就是投资）的角度开展收藏活动——只考虑收藏品价钱涨跌的人是收藏品中间商，更多的是从个人生活方式和个性铸造的角度出发，在收藏的过程中获得精神享受价值。[①]

外汇投资

也许有人要说，你怎么忘了外汇投资？

对个人投资者来说，"外汇"与"投资"是两个互相矛盾的概念。

外汇市场是全球化程度最高的市场，交易量也是遥遥领先于股票和债券市场。据国际结算银行 2007 年的统计表明，平均每天全球外汇市场的交易量接近 4 万亿美元，几乎相当于中国的年国民生产总值。最关键的是，在外汇市场上"玩儿"的都是机构投资者，如商业银行、投资银行、中央银行、跨国公司、大型对冲基金等。它们凭借资金实力和信息优势，把各种金融工具"耍"得得心应手，主宰着外汇市场。大资金如洪水一般汹涌，但是你却无法看清。个人投资者在外汇市场里，就像大猩猩群里的小羊羔那般弱小，眼睛上还蒙着布！

从理论上讲，外汇的波动率非常高，是股票债券市场的好几倍。长期而言，输赢中和，再加上交易费用，你的收益几乎为零。要是把你的时间精力和机会成本算进去的话，你不只是白忙一场，而且还倒贴有余呢。

个人投资者如果想要从外汇升值中得益，最佳途径

---

① 收藏品在遗产计划（Estate Planning）中的作用也非常重要。很多收藏家把自己的藏品捐给非营利性机构，获得减免遗产税的好处。而收藏品定价的主观成分很高，灵活处理的余地较大，所以高端客户的资产组合里总是少不了这一类。

是买入和持有升值货币所在国的政府债券以及成长型股票——这种方法对个人投资者来说风险收益比最高。中国各大银行不时有外汇联结产品推出,如果是短期限、保本金型的,可以从你的现金配置中拿出"小零头"来投入。

"百宝箱"，我拿什么来装满你？
—— 资产配置DIY

　　认识过这些资产大类别后，下一个问题就是按什么比例把它们装到自己的"百宝箱"里。用投资行业的术语说，这就是"资产配置"问题。每一种资产的回报率、波动率、流动性都不同，它们之间的相关性也"远近高低各不同"。每个人的生活状况和风险偏好都不一样，每个人的"百宝箱"的最优成分结构自然也就不一样——盲目地把你认为是个宝的东西往里扔，却不把真正适合你的东西装进去，"百宝箱"有可能成为杂物箱！

　　在国外，很多专业理财机构如私人银行等都有现成的资产配置模型，一般按照风险偏好和回报需求从最保守到最激进设计若干个，客户上门，先"量体"——大多数时候需要你填表回答一堆问题，然后决定哪一个模型比较适合你。

表 4-1　"典型性"资产配置模板

	最保守型	平衡型	最激进型
大盘价值	0%	9%	22%
大盘成长	0%	9%	23%

(续)

	最保守型	平衡型	最激进型
中盘价值	0%	6%	6%
中盘成长	0%	6%	7%
小盘价值	0%	4%	6%
小盘成长	0%	5%	7%
国内股票配置	0%	39%	71%
发达国家股票	0%	11%	15%
新兴市场股票	0%	8%	12%
国外股票配置	0%	19%	27%
总体股票配置	0%	58%	98%
核心固定收益产品	56%	32%	0%
通货膨胀挂钩政府债券	14%	8%	0%
总体固定收益产品配置	70%	40%	0%
现金加强（短期票据债券）	28%	0%	0%
现金	2%	2%	2%
总体投资组合	100%	100%	100%

　　显然，中国国情决定了中国的专业理财服务还处于"社会主义初级阶段"，这种私人银行模式尚未落地生根。另外，中国市场上有些资产类别的深度和广度还不够，数据历史短，即使有私人银行愿意提供这种服务，恐怕也是"巧妇难为无米之炊"。

　　其实，资产配置DIY并不需要追求多么精准的数字，而是要抓住关键原则，把大方向弄清楚，小米加步枪的我们也可以在理财道路上跨出实实在在的步伐。

第一原则：资产配置没有对和错，只有合适与不合适。

第二原则：除了单项资产的回报和风险特征之外，各项资产之间的相关性也至关重要。

第三原则：随时应变。

什么样的配置适合你？回答这个大问题的前提是你了解自己。用以下 4 个小问题来测试一下自己吧！

A. 哪些种类的资产你很熟悉，也很放心？哪些则让你碰都不敢碰？

B. 市场上上下下的时候，你的焦虑程度有多高？

C. 想过距离下一件人生里程碑级大事你还有多少时间吗？

D. 你的收入状况：目前、3~5 年内、10 年后，是稳定增长型，还是有可能走下坡路，还是时好时坏？

问题 A 主要测试你对不同风险级别投资品种的态度，从而得出你的主观风险容忍度，也就是你在真金白银投下去之前自认为可以容忍的风险程度。问题 A 同时也体现你的投资背景知识——假如你说不上几种投资品种，却颇有天不怕地不怕之姿态，那么你可能需要调整自己的风险容忍度，因为很有可能你的所谓高风险容忍度是建立在"无知者无畏"的基础之上！

问题 B 主要测试你的客观风险承受度和投资性格。如果你对市场波动可以泰然处之，表明你的投资性格相当成熟，心理非常稳定，客观风险承受度较高。如果你的情绪很受市场波动影响，表明你的投资性格还需锤炼，客观风险承受度较低。大部分人的投资性格成熟度都是介于这两者之间。

问题 C 主要测试你的投资周期有多长。一般来讲，投资周期长，风险承受度就可以高一点；投资周期短，风险承受度就要低一点。同时问题 C 也测试你是否对自己的投资很主动，超前思考自己的未来需要。

问题 D 主要测试你的人力资产属于哪一种类型。大部分的工薪族属于稳定增长型，只要你努力工作，工资收入应该随着经验的增加而增加，这就好比你拥有一只不断支付利息的债券。体育明星则属于年轻时收入就达到高峰，随着年龄的增长和运动生涯的结束，收入慢慢开始走下坡路。艺术家则属于时好时坏型，走红的时候收入丰厚，过气的时候收入微薄，而走红还是过气大多取决于观众的口味。

资产配置应该结合个人的风险承受度，加入后面三个因素的考量，最后得出一个最适合你个人的配置。每个人的主观和客观风险承受度都是个人心理素质、价值观以及生活方式相作用的结果。你可能生性乐观，愿意冒险，但是你正好处于某个人生阶段或者碰到某些事情，面临较多的支付责任，你的主观和客观风险承受度就会发生改变。

投资周期与风险承受度的关系比较容易理解。但是，如果你对自己的将来没有计划，或者模模糊糊，你有再长的投资周期都无济于事 —— 就像机会总是等待着有准备的人一样，风险随时都跟在没有思想准备的人身边。

人力资产对金融资产配置的影响不可忽视。人力资产代表的是你未来的创收能力。迄今为止，你念书、考研、上业余补习班等，已经为自己的个人发展投入了很多的时间精力和金钱，希望把自己锻造成有用之才，找个好工作，在事业上更进一步，在未来的

20、30 甚至 40 年里有稳定增长的收入。人力资产就像地底下的矿藏，虽然目前还不能确定它的范围规模，或者还没有到可以开采的时候，但是随着时间的推移，它会被发掘利用，转化成收益。年轻时，因为你刚开始挣钱，有形的金融资产积累相应较少，你的人力资产占你总体资产的绝大部分。随着年纪的增长、经验的增多，这两者的比例就会慢慢改变。金融资产的配置应该与人力资产相互平衡。举例说明：

　　假如你是旱涝保收的公务员或者拥有终身教职的教授，那么你的人力资产的风险收益特征就跟政府债券很相似：风险低，收益稳定。哪怕你已经不是″早晨的太阳″般的年纪，你的金融资产配置也完全可以很激进，多一些股票、私募股权之类的投资。假如你的工作是房地产销售，你的收入水平受经济形势影响较大（当然，经济不好会影响到绝大多数人，专门从事破产管理的人们除外！房地产销售是比较突出的例子），经济繁荣，房地产市场火暴，你的销售业绩上升，收入也水涨船高；经济萧条，房地产市场进入冬天，你哪怕有天大的销售才能也可能没有用武之地，届时不仅是收入下降问题，而是饭碗不保的问题！这样，你的人力资产的风险收益特征和股票是不是异曲同工？你的金融资产配置也应该保守行事，多一些债券现金，少一些股权类的投资。①

　　投资大师彼得·林奇和股神巴菲特都说过，要投资于你了解的行业和公司。但是从资产配置的角度来讲，如果要寻求分散风

---

① 第一章里提及我在 2008 年贝尔斯登公司倒台后决定不进场″抄底″银行股，主要也是考虑到我和我老公都在华尔街工作，我们俩的人力资产已经有太多华尔街″干系″了，不应该再给自己增加这个行业的风险。后来事态的发展证明了这个想法的正确性。

险的话，你应该投向你没怎么接触过的行业和公司，尤其是那些跟自己工作所在行业"不搭界"的、与自己的人力资产"对冲"的，效果最佳。

　　你的资产配置当然不应该止步于此。[①]这里我们讨论的点滴是为了帮助你站在正确的起点上，给你一个定位器，让你在绝大多数时间里都能达成自己的大部分投资目标，但是并不能让你在所有的时间里都能达成自己的全部投资目标。事实上，如果有人告诉你他可以制订一个万无一失的投资配置，只要你听从他的真知灼见，你的头脑应该立刻拉响警报。资产配置是一门介于艺术和科学之间的学问，有一些放之四海而皆准的纲领我们可以遵循，但是资产配置又是一个过程，一个不断探索认识自己，不断改善和丰富投资手法来应对动态生活的过程。

章子怡和于丹的资产配置

　　影星章子怡和教授于丹这两位名女人的人力资本可以说是两个极端的写照。章子怡的职业是电影演员，于丹的职业是大学终生教授。虽然两位都很出名，但是作为电影演员的章子怡，她的收入取决于今后出演角色是否成功，能否持续在观众心目中保持吸引力。这其中主

---

　　①　各类资产之间的比例应该随着市场变化而重新调整，资产配置还应该随着年龄的增长而变化。投资周期应该考虑年龄层和生命周期，投资目标的设立应该考虑到资产和负债的平衡匹配。重视投资组合的科学设计和动态调整，提高资金使用效率，从追求高回报率为主转换到在控制风险的基础上进行有效、系统的投资，才能真正保护和延续自己的财富。

观性成分很大，因为谁也无法控制及预测广大观众的口味和偏好。也许她会在下一部影视作品中大获成功，广告赞助纷纷找上门来，财源滚滚；也许她会因为选错了角色，票房不叫好，演艺生涯遭遇瓶颈，声誉日落（最近她遭遇"诈捐门"之类的负面新闻困扰，据说已经有一些广告商犹豫是否继续让她代言产品），其他方面的收入也渐渐干涸。章子怡的整体收入的不确定性很高，波动率非常大。而作为大学教授的于丹，哪怕从今之后她再没有畅销书出版，她的工资收入也不会断流。她也许永远无法达到章子怡当红时期的挣钱能力，但是她也不太可能会突然成为观众口味变化的牺牲品，收入来源几乎不会受到什么威胁。她的未来收入可以相当有把握地预测，她的整体收入的波动率也很小。

从另外一个角度来讲，作为演员，尤其是女演员，随着年纪的增加，一般趋势都是可接演的角色越来越少，工作机会因而也越来越少。假如演戏之外没有涉足其他什么事业领域的话，女演员的挣钱能力是走下坡路的，女演员的人力资本在青年时期达到顶峰后就慢慢减少。相比之下，大学教授却是越老越值钱——知识、经验的积累，可以让大学教授更加胜任工作。大学教授的工资收入一般与资历成正比。哪怕退休了，仍然可以活跃在科研、授课、写作等岗位上，因此，大学教授的人力资本非常稳定。此二者孰是政府债券，孰是高科技股票，非常明了。

于是，章子怡和于丹的资产配置必须把由她俩的职业所决定的人力资本特点考虑进去。章子怡在演艺事业如日中天之际，应该虑及未来收入的不确定性，她的整体金融资产投资组合的风险程度应该保持中偏低，并且注意分散投资以缓和整体波动度。目前的现金流入应该大部分投资于能长期稳定增值的蓝筹股票（中国和外国股票均应有配置），还有相当一部分应该投资于政府债券，作为"保底"部分。她应该远离所谓的"市场热点"以及那些波动率高，尤其是在熊市期间下跌风险高的资产类别。而于丹虽然年龄比章子怡要大10多岁，她可承受的风险却比章子怡要高——尽管她未必愿意接受高风险投资。她的金融资产投资组合中政府债券这类"保险"的资产可以少一些，除了大型蓝筹股票外，成长性股票、中小盘股票、新兴市场股票也应该有所配置，甚至可以涉猎一些流动性稍低但是长期资本增值潜力高的资产，如风险投资项目。当然，因为她所处的年龄阶段，这些流动性不太好的资产配置比例应该控制在比较小的额度。

假如艾琳离了婚……

北欧剧作家易卜生的《玩偶之家》在1879年首演后轰动一时，结尾时女主角娜拉决然离家，全剧以戏剧史上最著名的摔门声而结束。这出剧挑战了传统婚姻观念，唤醒了全世界女性的独立意识，被称为是第一出女权主义话剧。

在承认它的艺术思想价值之余，有人质问易卜生的理想主义：娜拉出走以后，如何生存？

无独有偶，130年后，全世界免费观看了一场婚姻大戏。高尔夫球巨星"老虎"伍兹偷腥，被太太艾琳——很凑巧，也是娜拉的斯堪的纳维亚半岛同乡——抓住，上演了一出挥杆训夫、车毁人伤的"真人秀"。据报道，因为"老虎"伍兹看来大有"生命不息，偷腥不止"的倾向，艾琳离开了伍兹。不过这一回，没有人担心她的生计，因为她可以按婚前协议拿到可观的赡养费，如果离婚律师厉害的话，还有可能分得伍兹的巨额财产。有人开玩笑说，即使"老虎"一毛不拔，艾琳光给高尔夫球杆做产品代言人就可以挣钱，因为"她是唯一可以挥杆打（败）'老虎'的人"。

虽说不愁衣食住行，艾琳也有很大的烦恼。如果说娜拉离家出走后的艰难处境可能会像一艘独木舟在风雨中挣扎，艾琳离开伍兹之后面临的状况就好比一个没受过任何飞行训练的人突然不得不成为一架波音767客机的机长，先进的令人眼花缭乱的电子飞行系统和安全装置全都成了"挑战"。现实情况是，现年30岁的艾琳，面对这笔巨款"分手费"，以及漫漫未来路，该如何投资理财呢？

按照正常生命预期，艾琳的投资周期很长，本来应该可以承受较高风险，也就是说，可以多投资于像股票那样预期回报较高但是波动率也较高的资产类别，以及像私募股权投资那样流动性稍逊但是长期资本增值预期较高的资产类别。为了保证她的资产可以"长期增值"，成长类股票不可少。可是，考虑到她不太可能有其他收入来源，她实际能承受的风险度应该降低。再者，因为她的个人日常生活费用不会少——做惯了伍兹太太的她恐怕一时也不能大幅改变生活方式，她的投资应该包含相当高的现收入。这就意味着她的投资组合里需要相对较多的债券类资产，或者在股票投资部分多一些股息收益率较高的价值股。

然而，在各国政府大举刺激经济的宽松货币政策下，通货膨胀这个不速之客应该得到充分重视。债券类资产最大的"天敌"就是通货膨胀，所以艾琳的投资组合的久期[①]配置应该十分灵活，随时调整。另外，她可以通过配置与通货膨胀率挂钩的政府债券以及大宗商品投资来增加抵抗通货膨胀的能力。在股票方面，她可以多配置一些与自然资源有关、尤其是工业链上游的公司股票（例如矿产股），这些公司在通货膨胀时多半可以把成本转嫁给下游企业和消费者，因此可以在通胀情况下保持利润率，股票也会相应获得较好的回报。

为了较好地控制风险，艾琳可以考虑"核心－卫星"结构。也就是说，划出一部分资金进行保守配置，主要投在传统的股票债券上；另外留出一部分，投资于非主流资产以及对冲基金、私募股权、房地产等另类资产。"核心"与"卫星"的比例最终可以根据各人风险偏好

---

① 久期，一个衡量债券投资受利率涨跌影响程度的数值。

以及具体需要来决定。在核心投资的股票部分，大盘蓝筹可以通过ETF等费用较低的投资渠道获得，而中小盘股以及新兴市场股则需要交给经验丰富的专业投资管理人。还有，价值股与成长股的比例，大盘股与中小盘股的比例，成熟市场与新兴市场的比例，都需要考虑到。在核心投资的债券部分，要注意不同利率风险、不同信用风险、不同收益水平以及不同国家地区的债券分布。另类资产投资的主要目的，一是增加投资组合的回报潜力，二是通过采用与主流市场相关性低的策略而降低整个投资组合的波动率。它们不一定是人们印象中那样个个"猛于虎"似的神秘可怕，关键是要用对场合用对时候。

最后，对于超高端客户来讲，税务是绝对不可以忽视的一个问题。税后回报率以及税务效益这些指标必须融入到投资决定的每一个环节。

当然，这些建议还只是"三千尺高度"的粗线条设置，具体落实时还有很多细节需要补充。艾琳的"钱"路着实不那么简单！

娜拉舍弃了玩偶身份，获得了独立的人格，但在那个时代，现实生存问题对单身女人来讲非常严峻。艾琳虽然"不差钱"，但是她的前途恐怕一样不可测：要知道，在这地球上不知道艾琳很有钱的人大概已经属于稀有动物了。如何彻底摘掉"老虎"伍兹给她戴的绿帽子，摆脱那个让她伤心愤怒的"老虎"伍兹前妻的标签，找到能够真诚对待她的人？如何管理好巨额财产？虽然几千万美元听起来是天文数字，但是从亿万富翁变成一文不名，或者因为巨额财产而荒废人生的前车之鉴也不少。

其实，对负心人最好的还击不是打掉他几颗门牙、叫他割肉分他家产这样一时痛快的举动。艾琳心灵受到的伤害，是"老虎"伍兹用多少物质都无法弥补的。真正的赢家是那些能够重新把握自己的人生，不让过去成为自己的唯一定义的人。艾琳需要离婚律师，更需要冷静思考自己"后伍兹"人生的追求到底是什么。

光有钱，顶多只能"痛并快乐着"，非真富婆也。只有当你还拥有钱买不到的东西后，你才是真正的富有。艾琳比娜拉运气的地方是她生活在女人的社会角色多样化的 21 世纪，她可以自己选择自己想要的生活。

你的"百宝箱"你做主
——弃权很危险

　　你对金融方面的事情有天生的畏惧感吗？你是否觉得资产配置、风险控制等这些名词都太艰深，太枯燥？你是否偷偷地希望上天要么赐你一个超有钱的老公，从此以后不再为钱伤脑筋，要么送给你一个投资专家铁哥们儿，任何跟投资有关的疑难杂症都交给他解决？

　　可是，把你所有的"钱务"全都交给别人，不管他对你多么诚实，多么为你的利益着想，不管他多么聪明，全面弃权都是非常不明智的。

　　花一点时间，循序渐进地学一些有关投资的基本知识，你将会受益匪浅。至少你不会给人造成"投资盲"的印象，让坏人有可乘之机。

　　花一点时间，了解一下自己的真实需求：你在近期和长期能承受多少亏损？你希望能够达到多高的投资回报率？越高越好之类的美好愿望是不切合实际的，你需要具体点、现实点。你的投资期限有多长？我们的老祖宗不是说过"知己知彼，百战不殆"的吗？

　　花一点时间，了解一下你的那位专家信奉什么样的投资哲学，喜欢什么样的投资操作方式，经常检查一下他和你在"钱务"方面的互动情况。他是经常打包票，还是深思熟虑之后再给你答案？他总是在倾听你的诉求，还是一味给你"热门股票建议"？他对待你和对待他人有什么不一样？钱之外的事情是很能说明问题的。

许多投资方面的问题归根结底是常识性的。你不必拥有MBA学位或者CFA头衔也一样可以做一个聪明的投资者。你只需要建立正确的角度，听到专家们的高谈阔论不再觉得像听天书，而是可以对专家讲的是否靠谱作出比较准确的判断。有准备的你，将会收获良多。

我曾经遇到过两位客户，她们的经历证明，假如你对自己的财务问题采取"事不关己"的态度，哪怕你很幸运找到非常忠诚的财务托付人，好心也能办坏事。

这两位客户是姐妹，年龄均在40多岁，活跃在洛杉矶的慈善界。她们的父亲10年前去世，给她们留下了将近两亿美元的遗产。她们的父亲把这笔遗产交给了他的一位好友罗素先生打理，两姐妹不用操任何心，需要用钱的时候跟罗素先生说一声，支票就准备好了。罗素先生也忠心耿耿，尽心尽力，投资收益也不错。他看着两姐妹长大，对待她们就像自己的女儿一样，两姐妹也乐得有这么一个财务管家。

可是，2008年金融危机之下，罗素先生全权管理着的投资组合受到重挫，一年之内跌幅将近60%！在朋友的推荐下，姐姐来到花旗私人银行我所在的小组，请我们给她们的投资组合作"诊断"。

经过分析研究，我们给出了建议和方案。但是在和主管投资决定的罗素先生交谈过程中，我们发现最需要调整的不是投资组合，而是罗素先生"那两个小姑娘不懂这些事情"的观念，虽然他口中的"那两个小姑娘"已经是 40 多岁的成年人了！

老派的罗素先生认为，女人不懂财务，他对两姐妹的好就是满足她们花钱的需求，好好替她们记账，至于投资的事情，完全没有必要跟她们通气。两姐妹也根本不感兴趣，听凭罗素先生处理一切投资。我们观察到罗素先生主张的投资组合的几个特点：

第一，罗素先生本人很不信任对冲基金，觉得费用昂贵，操作又不透明，还不如自己动手。他的 **DIY** 对冲基金策略是购买了美国国债三倍反向基金，因为他一直觉得通货膨胀马上就会来临，这只基金是交易所交易基金，费用低。假如通货膨胀引起利率上涨，美国国债就会下跌，投资者可以获得 3 倍于跌幅的回报（假定利率涨了 1%，美国 10 年期国债跌了 8%，[①]该基金投资者就可以获得 24% 的回报）。问题是假如利率下跌，国债价格上涨，投资者的亏损也是 3 倍于涨幅的！2008 年，美联储把利率降到几乎为零，同时因为所有人都跑到美国国债里去躲避风险，美国国债当年一枝独秀，成了唯一上涨的投资品种，而且涨幅为 15%。罗素先生本来寄希望"对冲"通货膨胀风险的点子一下子把整个投资组合"反咬"掉一大块！

第二，罗素先生偏好与能源、原材料有关的投资。能源、原材料板块在 2008 年下半年跌得也是惨不忍睹，罗素先生的个

---

① 债券的跌幅和市场利率成反比，它们息息相关，但并不是一对一的关系。债券的久期是一个衡量债券对市场利率敏感度的指标。一般来讲，久期长，意味着该债券的利率敏感度高。

人偏好造成了整个投资组合的行业配置严重失衡，因而损失惨重。

第三，罗素先生喜欢收益较高的投资品种，如高分红股。可是，由于市场资金流动性枯涸，几乎所有公司都为了保存实力而改变了分红计划，大幅削减分红比例甚至完全停止分红。市场则认为这是公司情况不佳的信号，那些公司的股价都纷纷跳水。

第四，罗素先生选择专业理财基金经理时先考虑的是在两姐妹父亲时代已经建立关系的那些。他对过世的老朋友以及老关系户的"忠心"让他成了半聋哑人——好几家理财机构发生了很多人员、公司结构、财务方面的变化，除了名字之外，已经和两姐妹父亲年代的情况完全不同了。其中有一家，因为管理不善，能干的员工全都跳槽了，公司管理的资产数目急剧下降，罗素先生却成了给他们"撑场面"的救星级客户！

姐姐告诉我们，她曾经想过把一部分钱投给几个对冲基金，但是罗素先生反对，认为那些对冲基金经理在用花哨的东西吸引"不懂投资的小姑娘"上钩，所以她也就没有坚持。当她得知投资组合的情形后，非常吃惊。反向基金一般个人投资者都不应该涉及，因为这种基金的波动太大，必须有极其准确地判断市场高低点的能力。罗素先生对对冲基金抱怀疑态度，不盲目崇拜，值得肯定，但问题是他崇拜自己！而且因为他曾经体会过通胀的痛苦，他在这只反向基金上的投资还不小。他完全忘记了两姐妹还处于中年生活阶段，而且目前的利率环境并没有很高。他的历史观以及他和两姐妹之间的脱节导致他作出完全不适合两姐妹实际生活的投资决定。他大幅度投资于能源、原材料，只是因为他曾经投过几只专注于能源、原材料的基金，尝到过"甜头"，但是再好的东西，过了头总会变味！他大幅度投资于高分红股，说是因为两姐妹的开支非常大。在这方面，两姐妹与罗素先生的脱节最为明显。她们俩只顾花钱，而罗素先生一味迎合。其实罗素先生应该坐下来和两姐妹谈一谈，这样的花钱习惯，金山银山也会掏空。他疲于应命，搜罗各种高收益投资品种，结果导致投资组合风险分散严重不够。至于"忠于"两姐妹父亲的老关系则变成了"愚忠"。曾经业绩好的，不一定就能永恒地好下去。社会在变，经济形势在变，审时度势，适者才能生存。忠于朋友是美德，但是做事不能僵化。

最触目惊心的问题是，整个投资组合里没有一点政府债券。罗素先生眼里的"那两个小姑娘"已经 40 出头，承受风险的能力可不能跟真正的小姑娘同日而语。70 多岁的罗素先生经历过美国 20 世纪 70 年代的高通胀时期，所以对通胀非常警惕，对在通胀环境中最劣势的债券很不感冒。可是，在控制整体风险、保证本金和应对流动性需要方面，政府债券还是占有一席之地的。另外，美国政府从 20 世纪 90 年代初开始发行通胀联结政府债券，可惜罗素先生对于政府债券的先入之见太深，他把这种可以防御通胀的政府债券和普通政府债券一起打入了冷宫。

2008 年的教训对他们非常深刻，他们在我们的建议下，对投资组合作出了相当大的调整。

罗素先生勤勤恳恳，殚心竭虑，然而他却没能帮好他想帮助的人。两姐妹不闻不问，虽然省心，但是隐患无穷。我们指出她们的投资组合的问题之后，她们俩颇有触动。姐姐说，我没想到在罗素先生眼里我们原来是长不大的。他按照父亲的遗嘱全心全意照顾我们，大包大揽，就像我们的替代父亲一样，是为了我们好，可是事实上"爸爸"并不永远都是最正确的。我们自己偷懒，结果教训就来了。

坐进驾驶座，至少把仪表盘熟悉一下吧！弃权很危险，眼前省心，日后烦心！

管理好资产负债表的右边
——合理消费

　　别光顾着资产负债表的左边，忘了右边！我们很多人把血拼的成果——琳琅满目的衣服、鞋子、化妆品、珠宝，直觉地等同于财产，有的还把买到减价名牌称为"价值投资"。但是，对不起，这些东西再名贵，再合算，也进不了你的"百宝箱"——它们属于资产负债表的右半边。把它们从我们的生活中全部清除，显然是过头的做法，关键是要消费得明明白白，有理有节，让它们为你"添砖加瓦"，而不让它们成为破坏你资产负债表的罪魁祸首。

奢侈品消费——不要让你的物品占有你

　　畅销书作家吉米·罗恩说："我过去常常说，东西太贵。后来我的老师纠正道，问题不是东西太贵，而是你还用不起那些东西。我最后才明白过来，问题在于我自己。"

　　中国消费者对奢侈品已经不再陌生。

　　其一：上海东方卫视的一个节目上，主持人采访一对对情侣、夫妻，让他们秀一秀自己的爱情故事。其中有一对20岁刚出头的小情侣，女孩非常骄傲地告诉主持人，她是世界上最幸福的女人，证明之一就是男朋友给她买的五六只名牌包。对着摄像机镜头，女孩来了个包包秀，摄影师也很配合地给她包上的 LV、Chanle、Fendi、Coach、Gucci 等标签来了几个大特写。小姑娘的幸福之情岂止是溢于言表，简直就要从电视机里放射出来了。的确，以她男朋友的年纪和职业（公司职员），一定是勒紧了裤腰带，倾囊而出才买得起这些价格上千上万元的名牌包。女孩特意强调，他们俩的家庭都是普通人家，正因为男朋友物质条件不富裕还这么为她添置名牌，才让她分外感动。

其二：国内的一位朋友，事业做得非常成功。两年前，他们两口子首次来美国度假，在吃了好几天洋饭菜后，实在想念中国菜，于是我们就相约在纽约的一家供应川菜的中餐馆碰头。席间这位朋友"一不小心"说出，他在洛杉矶买了 10 件阿玛尼的皮夹克，因为"实在太便宜了，不买对不起自己"。他的太太也是语出惊人。她在纽约第五大道上的 LV 专卖店买了 5 只包，她说家里还有五六只。我十分老土地说，一打 LV 包，哪里背得过来啊。她回答道，其中好几款都是限量版，不太用，放着会升值的。

其三：看到国内报纸上采访我的一位大学校友，他目前就任某著名 IT 企业的销售总监。在为他们公司的产品（笔记本电脑）描绘市场前景的时候，他非常自信地说，他要瞄准高端商务市场，要让中国的商务精英们开沃尔沃轿车，穿杰尼亚西装，拎 LV 包，打开里面装的一定要是他们公司的产品。

除了我亲眼所见所闻的这些逸事之外，国外媒体也敏感地嗅到了正在中国发生的奢侈品消费热潮。2010 年年初,《华尔街日报》刊文说："调查发现中国人比欧美人更喜欢买名牌。"该文写道：

这是一次在线调查，大约有 8 000 人参与，来自 11 个市场：美国、巴西、加拿大、法国、荷兰、西班牙、中国香港、印度、中国台湾、阿拉伯联合首长国以及英国。香港 68% 的调查参与者表示他们更加喜欢名牌货，印度和阿联酋也分别有 79% 和 58% 的受调查者更加喜欢名牌。美国和英国的受调查者表示，他们更有可能挑选没有品牌标志的货品，两国分别只有 36% 和 33% 的受调查者表露了对奢侈品品牌的偏爱。

这次调查的发起者说，对奢侈品牌不同的偏爱程度也反映了"旧富"与"新贵"的差别。在中国，由于很多富人的财富都是在之前 10 年左右的时间里积累的，这些消费者很希望向身边的人显示他们的生活水平已经上升到了一个更高的阶层。一个被普遍认可的品牌标志，会成为展示穿戴者之成功的最清晰符号。

永利澳门店的零售部门负责人斯威策认同地说，如果顾客不认可这些品牌，它们就不会进这个门。这家酒店里包括 Chanel、Prada 和 LV 在内的 24 家高端时装店中，大约九成的顾客来自中国内地。

香港和澳门吸引了大批为规避内地重税而来的内地消费者。斯威策说，瑞士手表生产商伯爵在永利澳门的店铺是其全世界所有店铺中最成功的。她说，酒店内其余店铺的单位面积收入超过了亚洲任何其他地方。

零售专家表示，为考虑到这些差别，奢侈品品牌在亚洲的推广方式也跟在世界其他地方不尽相同。在中国，奢侈品市场发育更晚，吸引的买家也更年轻，所以吸引随时光顾的客户更重要。

这项研究还想了解消费者购买奢侈品时的内疚感。在美国，约一半的受调查者表示在买奢侈品时有内疚感。美国人经常把奢侈品定义为"你不真正需要的东西"。相比之下，印度的受调查者更多地把购买奢侈品的行为描述为"有关品质"，"一种生活方式"。接近 3/4 的印度受调查者表示，他们对于花大价钱购买奢侈品并不感到内疚。思纬市场研究公司驻印度研究员戈登说，虽然印度的贫困现象普遍存在，但印度人往往也把奢侈品看做这个国家经济发展的一个标志，而经济的发展最终应该会惠及越来越多的印度人。

你是否也光顾过以上文章中提到的地方？该次调查中印度购买奢侈品人士的态度你是否也同意？我相信大多数中国人都已经不同程度地受到奢侈品的诱惑，有的上钩不浅，有的游移左右，有的心驰神往。奢侈品在中国人的生活里即使不是常客也是熟客了。

虽然有不少人义愤填膺，谴责有些中国人"未富先奢"，我却不同意站在道德的高度谈论奢侈品消费。有谁能够完全抵挡奢侈品的诱惑？有着爱美天性的女人更加无法抗拒了。再说，消费奢侈品也是享受自己辛苦工作的成果，享受生活的美好的内容之一。我想要指出的是，你可不要一不小心成为奢侈品的奴隶，或者更糟糕一点，因为奢侈品而成为昂贵的笑话。

那位省吃俭用为女朋友购买名牌包的男生，有点"愚忠"。那位把这种举动等同于爱情的女生，颇为幼稚。这小两口的生活刚起跑方向已经歪了。

首先，从这个牌子买到那个牌子，显然他们俩认为只要是名牌就是好的，还没太搞清楚各个名牌的特色，也没怎么想过哪个牌子更符合自己的气质和习惯。他们从名牌中得到的基本上就是从别人的羡慕眼光反射回来的满足感。

其次，那个男生买完名牌包后，囊中所剩无几。除非女孩从此无欲无求，否则他的生活压力将越来越大——今天是名牌包，明天是钻石戒指，后天是顶级时装，奢侈是没有止境的。那个男生能扛多久？一个被名牌点缀、漂亮时髦的女朋友，与一个脸上写满疲惫、衣衫不整、因为生活压力而直不起腰杆的"猥琐男"，能谱写出和谐的爱情乐章吗？

人年轻的时候，应该在提升自己的人力资本方面多投入。疲于应付女朋友的开支，往往会影响到男人的精神面貌和职业选择，短期行为比较容易占上风，从而忽视长期目标。"为了满足女人的虚荣心"这种动力能否持久？这些买名牌包的几万块钱如果用来早日开始储蓄投资，他们俩的"钱程"可就前进了一大步。如果理财理得好，现在小小地牺牲一下虚荣心，他们将来可以买得起更多更好的名牌包。

我不禁想起莫泊桑笔下的玛蒂尔德，因为向往上流社会的奢华而付出了 10 年劳苦生涯的代价。不错，玛蒂尔德的丈夫确实很爱她，从一开始想尽办法搞到舞会的票，凑钱给她买礼服，到发现丢了借来的项链后拼命工作还债，她的丈夫为了她付出了一切。他们俩这么勤劳刻苦，假如没有这根项链带来的债务，他们可能已经过上了幸福生活。莫泊桑没有描写玛蒂尔德听到"那钻石项链是假的"之后的表情，而是留给读者无限的想象空间。我们也无法预测那位上海女孩和她的男朋友今后会是什么结局。但是，有一点很清楚，那就是：青春是最美丽的，不需要很多的装饰；在这个阶段就"劳其筋骨，饿其体肤"，成为奢侈品的奴隶，很可惜。

我的那对成功人士夫妇朋友，在中国"新富"阶层中颇具代表性。他们已经具有一定的生活阅历，对奢侈品消费已经有自己独立的认识，但是，他们陷在误区不知——他们以为奢侈品像投资产品一样，会升值，是"价值投资"的对象。

奢侈品最吸引人的地方是它们的质量和创意。它们的用料高档，做工讲究。更重要的是，它们背后的设计师有着一流的眼光和头脑，他们总能独辟蹊径，独领风骚。事实上，不同品牌的奢侈品就像苹果和橘子，很难相比，绝对不是价钱昂贵的就比价钱便宜的要好。他们代表的是不同的风格和文化内涵。不同设计师的价值观也不相同，他们专注于不同的客户群体，赋予品牌的信息互相有别。这些无形的品牌特色是奢侈品立足的根本，也是它们昂贵价格的支撑点。有人说过，蒂凡尼的珠宝其实材料跟别家的是一回事，就是它那蓝色珠宝包装盒更值钱。玩笑之外，我们可以体会到蒂凡尼品牌的力量，可以让人们心甘情愿地为一个普通的硬纸蓝盒子而钱包放血。

然而，高高在上的奢侈品也需要人间烟火——商业利润——来维持生存。对于奢侈品制造商而言，他们永远面临一个难题：如何扩大影响，让更多的人知道并认同自己的品牌。只有早日形成规模经济，提高利润率，才能在激烈的竞争中生存下去。然而，假如品牌太为人熟知，就失去了令人神往的魅力，品牌形象会降级。解决这个难题的方法主要有两个。一个是以守为攻。瑞士表Bedat的广告语叫做"Very famous among very few people"（在小圈子里很出名），颇可以概括奢侈品的营销哲学。所谓的限量版，就是看准了"得不到便是最好"的心理，人为制造出"物以稀为贵"的格局。另外一个方法是品牌延伸。最顶尖的品牌从来都不会降价——设计师宁可白送也不会降价销售。为了商业生存，会发展一些相对低价位的二三线相关品牌，扩大客户面。例如，阿玛尼的最顶级品牌是乔治·阿玛尼，一般都是在品牌专卖店或者少数几家顶级百货商店的专柜销售。阿玛尼休闲服和阿玛尼牛仔则属于阿玛尼的延伸品牌。又如，宝马轿车的顶级车系是700系列，下面还有豪华级500系列和入门级300系列。

奢侈品的主要功用在于满足人们的审美要求：选择一个（或几个）适合自己的品牌，使之成为个人身份的延伸，铸造自己的独特风格。刚刚"开闸"接触奢侈品的时候，你很容易被那些精美的广告打动，而且谁家广告预算最庞大，做得最到家，自然就被谁家吸引。"大众名牌"一般都是在广告的狂轰滥炸之下炼成的。随着阅历的增加，你就会渐渐形成自己独立的判断：哪些品牌可以让你"心领神会"，哪些品牌最适合你的风格，哪些品牌可以最准确地传递你想向外传递的信息。穿乔治·阿玛尼西装的人和穿范思哲西装的人，绝对是不同的。同样是意大利时装大师，同样的价位，然而前者优雅经典的风范与后者风流倜傥的性感吸引的客户群体以及适合出席的场合截然不同。比如，你去公司董事会述职，范思哲西服就很不合时宜。

与艺术品不同的是，奢侈品的个人用途注定了它们的折旧性。至于升值，那顶多是你的美好愿望。再者，假如把能否升值作为消费奢侈品的标准，那么你已经不知不觉中把其他人的喜好凌驾于自我个性之上。花大价钱买来迎合大众的口味，不是把奢侈品最具意义的部分给中和掉了吗？

了解奢侈品制造商的营销策略后，你应该知道，真正顶级的名牌从不降价，会降价的只有顶尖名牌的"亲戚"。更何况，再好的名牌，也经不住单调重复。因为"便宜"买了一堆同样的东西，其实是浪费——那一部分钱完全可以用来购买其他牌子的产品，丰富你的个人风格。

真正值得投资的，其实应该是奢侈品制造商的股票。买路易·威登（LV）的包，不如买路易·威登的股票。过去 10 年内，路易·威登公司股票的年平均回报率达 15% 以上。如果你在 1999 年买了 1 000 欧元路易·威登的股票（普通款型的路易·威登背包大概就是这个价钱），10 年后的今天，股价已经涨了 4 倍，等于可以再买 3 只新包！你如果仔细阅读该公司的年报，可以看到它的"皮件制品"的利润率高达 30%！再看一下华尔街分析师对该公司的评价：

"……路易·威登是（奢侈品品牌里面）最能防御经济衰退的，因为它的产品线很强，特有的销售渠道以及定价策略，和无人能比的品牌宣传……我们认为路易·威登品牌可以比竞争者贵出 20% 是因为它的回报率在奢侈品行业中最高，市场占有份额最大。销售量大，再加上价格比竞争品牌高，使得公司可以再投资于市场宣传，让竞争者无法追随……"[1]

从评价的字里行间，我们可以看出，路易·威登已经在大众之中很出名了。我们无法预测，几十年后路易·威登的背包会"保值"到什么程度。但是值得指出的是，艺术品值钱主要是因为它们是艺术家个人灵感的结晶，前无古人，后无来者，复制和模仿品再像，也无法与其比拟。

---

[1] 引自花旗银行奢侈品行业分析师托马斯·肖韦 2010 年 3 月份关于路易·威登公司的研究报告。

那位国内著名IT企业的销售总监则犯了奢侈品消费的大忌。他可能是想把干巴巴的销售策略讲得生动形象一些，所以引用一些真实的名牌作道具。可是，把笔记本电脑放在路易·威登背包里，好像把他想象中穿着杰尼亚男装的商务精英描绘得太女性化了。不错，路易·威登品牌的价格只有商务精英们可以承受，但是，该品牌时尚成分含量太高，使之在正式的商务活动中反而显得格格不入。把各种昂贵的东西这样堆砌在一起，非常不伦不类，结果把自己的形象给糟蹋了。人的确需要用穿着打扮向周围与你打交道的人传递信息，可是穿错衣服会让你的外表给人的第一印象与你想要显现的相差十万八千里，你花了大价钱塑造精英形象却换来滑稽效果，何其冤枉！

法国著名时装设计大师卡尔·拉格菲尔德曾经说过："不要用昂贵的衣服来遮挡你的不自信。为你自己感到自豪，但不是因为你穿着昂贵的名师设计的时装。它们是好东西，但是很多人没有它们一样活得很快乐……生活不是时装秀。"

英国《泰晤士报》的时装编辑丽莎·阿姆斯特朗也有过非常精辟的见解："永远不过时的风格是经典的，不炫目耀眼的，静静地发出光彩，不会让你束手束脚……学会不赶某些潮流是你在时尚方面已经达到成熟境界的表现。"

你可以花钱买最高学府的文凭，但是再多的钱也买不来时尚造诣。奢侈品应该是生活品位的沉淀，而不是银行存折"外穿"。奢侈品应该给你带来快乐，而不是压力。真正会享受奢侈品的人，不求贵，不求多，也不求保值，但求与自己的心情一拍即合。

拥有奢侈品的原则是："你的所有物不应该占有你。"

血拼花钱之余

每次假期结束，你和同事朋友再见面，交流得最多的是不是：这次去哪里扫货啦？收获如何？喜滋滋亮出自己的战利品时，你是否充满了自豪感？

中国游客的消费能力高超已经不是新鲜事了。在世界各地的大机场，中国游客排队退税成了一道风景线。我在纽约接待亲友旅行团很多次，每次都听到同样的呼声："哇！美国东西太便宜了！"因为关税上的差别，同样的东西在中国购买的价钱几乎是在美国购买的价钱翻番甚至更高。出国血拼，真的很合算！

我的一位死党级的朋友最近来美国玩，一下飞机就点名要去纽约郊外车程一个多小时的"奥特莱特"——不知是哪位"前辈"传授给她的纽约购物要地。在纽约市里来了个一日游，匆匆忙忙到处拍了一通照，便一头扎进"奥特莱特"整整一天，最后大包小包地回到住处。回国的那天，她的飞机下午 2 点多才起飞，她却要求早上 9 点就出门。我很不解，她说她想早点到机场免税店再买点东西。我想跟她说，全世界各地机场免税店的东西都大同小异，在纽约肯尼迪机场买和在上海浦东机场买没太大差别。不过想起她的购物哲学，我知道我也说服不了她，就没吭声。回到家，她给我发来电子邮件说，这一趟美国之行，钱包空了，衣柜满了，心里美了，要多谢我导购有功。其实我一路上都在"拖后腿"，提醒血拼到 high 的她，别行李超重，航空公司罚起来可是没商量，但她说，航空公司那点罚金，值得！

她的感谢邮件让我很惭愧。其实我很想让她从打仗一样的疯狂中停下来，好好享受一下购物的乐趣。我觉得她这一趟，简直就是来打工的——在那个相当于 N 个足球场的奥特莱特走了一天，购物袋勒得手臂上深深的一条条红印子，吃饭也胡乱对付——她本来就要减肥，要不是我拽着，她就压根儿不吃了。最让我郁闷的是，纽约第五大道、麦迪逊大道上那么多的时尚商店，她就瞄了一眼，说："这些店太漂亮了，可是肯定不如奥特莱特买得出东西。我得最有效地使用我的时间！"

我也同意这些店要是从"可买性"来说确实不如奥特莱特，我本人也很少从这些地方直接买东西。可是扮靓可不是光顾着给自己的衣橱添置更多漂亮的行头——衣橱的规模和衣服的价码与你的打扮品位没有必然的联系。后者是需要潜心修炼的！

你也许平时很认真地研究着时装杂志上的搭配贴士，那就像上穿衣艺术初级班。国外像纽约这样的时尚大都市，连空气中都充满着创造力的火花。放慢脚步，仔细欣赏，你会得到从平面的杂志照片上所得不到的感受和启发。纽约的百货商店，从大众化的Macy′s，到走中上路线的Bloomingdale′s，到高档的Saks Fifth Avenue，到顶级的Bergdorf Goodman 和Barneys，各有特色。再加上众多的品牌专卖店，纽约确实精彩纷呈。每次我经过它们的橱窗，都忍不住感叹：衣服怎么可以穿得这样生动！这些橱窗的布置，可不光是摆几个模特在那儿，而是有主题、有视角、有背景、变化多端，绝无重复。店内布置也是精心设计，灯光、色彩、装潢、附属品搭配都反映着每个品牌的独特内涵。在这样的环境里，你享受着设计师创造的美丽，还可以得到熏陶和启发。穿行于奥特莱特一排排黑压压的售货架之间，你只是一手掏钱一手进货而已。在纽约第五大道上用心地"逛"，你会收获到无形却可以让你受惠一辈子的东西。不要觉得"window shopping"让你不好意思。真正聪明的女人，知道怎样博采众长，"偷师学艺"，在自己有限的衣橱内发挥灵感。

血拼的收获，不应该只是看得见摸得着的东西。好比把100元大钞当墙纸贴在墙上并不就是高雅的室内设计，把名牌左一件右一件地穿在身上也无济于提高自己的衣着品位。花钱的时候用一点心，你的个人品位得到提升，也不枉钱包瘪了下去。

爱血拼的你，下次再出国旅行度假，请务必留出点时间真正地"逛"街。

幸福财女智慧

· 现代女人的"百宝箱"里可不能只装着钻石和珠宝。

· 往"百宝箱"里装什么取决于很多因素，尤其重要的是你的人力资产性质。

· 放弃亲自投资理财很危险，眼前省心，日后烦心。

· 别光顾着往"百宝箱"里装东西，管理好自己的"负债"也很重要。

第五章

"干得好"与"嫁得好"之争

幸福的三个必要条件是：知道自己没有自欺欺人，知道自己已经尽了最大努力，充满爱心。

——美国第 32 任总统罗斯福的妻子　安娜·埃莉诺·罗斯福

一个女人不能光依赖于男人求得保护。她必须学会保护自己。

——美国 19 世纪女权主义者 苏珊·安东尼

有人问我为什么女人不像男人那样好赌博，我很符合常理地回答说，因为女人钱少。这个答案虽然正确，却不完整。事实上，女人的赌博直觉全都在婚姻上体现出来了。

——美国女权运动代表人物　格洛丽亚·斯泰纳姆

先来做个选择题：以下哪一个最有可能成为你的钱"源"？

A. 有个富爸爸

B. 嫁个有钱老公

C. 中大奖

D. 自己挣

"A"其实没有可选性——谁能选择自己的爹妈呢？"C"的概率是小数点后N位，基本可以忽略不计。剩下"B"和"D"，倒是有点难以定夺。

黄金屋与颜如玉，是旧时读书人青灯苦读奋斗的目标。当今社会，男人挣钱创业，也以抱得美人归为成功标志。英语中给那些上了一定年纪的富豪身边年轻貌美的非原任太太一称呼叫"trophy wife"，就是"胜利品太太"的意思，颇为贴切。希腊船王奥纳西斯曾经说："要是没有女人存在，那么全世界的钱都失去了意义。"总之，人类历史上，无论东方西方，绝大部分时候，"干得好"这种概念对女人来讲是不存在的，"嫁得好"是女人的唯一出路。

中国改革开放，缔造了经济发展的奇迹，给中国女性带来了前所未有的机会，同时也带来了很多烦恼：财富是什么？财富对生活的意义是什么？女人如何取财有道？

在目前的中国，对"干得好不如嫁得好"这个论点的认可度相当高 ——此起彼伏的富豪相亲活动，以及姐妹们踊跃报名的热火情形可以为证。夜深人静，工作了一天疲惫困倦的你脑海里也许会闪现这个念头：社会上"白骨精剩女"与日俱增，但嫁不出去是永远的痛，干得再好也没用。

在大多数人心目中，"干得好"的女人有一份高薪的工作，在自己的行业里如鱼得水，颇有建树。"嫁得好"的女人有一位多金的老公，不必为生计奔波，每天过着悠闲的少奶奶生活。"干得好"的女人经常面临工作的压力，在职场风雨中咬紧牙关，不敢松懈，总是没有多少时间留给自己。而"嫁得好"的女人通常人前光鲜，人后伤感，"悔教夫婿觅封侯"。

"干得好"和"嫁得好"哪个更重要？这个问题有答案吗？

"干得好"和"嫁得好"哪个更重要?

我们先绕一个圈子再来回答这个问题。

美国著名影星雪莉·麦克雷恩唱、演、舞俱佳,曾经获各种提名和奖项无数,并凭借《母女情深》这部电影,获得1983年奥斯卡最佳女主角奖。但是,中国影迷们很少知道,她曾经在1975年以一部与中国有关的作品获得过奥斯卡最佳纪录片提名。这部纪录片的名字叫《半边天·中国记怀》。

这部纪录片记录了雪莉·麦克雷恩率领一个由来自不同阶层、不同文化背景的7位美国妇女组成的代表团访问中国的过程。纪录片反映的是毛泽东给中国妇女带来的改变。"文化震荡"这个词远远不够描述这些"美国妇女代表"内心的震撼,因为西方女权主义的"桃花源"理想境界———一个完全没有性别角色的社会——在中国实现了。雪莉·麦克雷恩旁白评论道:

(在中国)女性担任领导工作,开着重型机械,有的还是医生。她们和她们的丈夫们共同分担家务。妇女们一起协作而不是互相竞争。她们的孩子们也从小就学会热爱劳动。中国没有失业的人,工作是一项让人完善自我的事。

中国妇女不化妆，敢于表达自己对工作的想法。（我们见到的）所有的中国妇女们都笑得十分开怀，非常喜欢她们的生活。

她们的行为很像女同性恋者，因为她们看起来根本不在乎迎合男人的性幻想，她们完全自由、开放、直接和独立。她们从来不跟在男人后面，她们公开积极地讨论男同事们是否有进步。（我们也遇到许多）尚未结婚的妇女，她们看起来对此也不怎么担心。她们非常认真地想要在工作中发展自己的潜能。她们也不会因为结婚生孩子就停止工作，因为托儿服务很完善。但是不结婚是行不通的，所有中国人一听"不结婚"这种说法都很吃惊。

中国男人们真诚地希望妇女和他们平等。他们和中国妇女们自由交流，互相学习。

有一位评论家写道："这部纪录片不仅让你看到了中国有快乐的儿童，没有互相竞争，没有男女固定角色，而且还让你看到了希望在中国，看到人的魔鬼本性是可以改造的，甚至可以达到剧变。感谢雪莉·麦克雷恩让我们看到女人不再是男人的财产和性幻想对象的那种社会是可能存在的。"

读到这里，你是否觉得有点哭笑不得？这样的描述更接近朝鲜吧！

假如雪莉·麦克雷恩今天再回到中国，看到 20 世纪 70 年代充满豪情壮志的"妇女能顶半边天"变成今天灰溜溜的"干得好不如嫁得好"，她恐怕要彻底昏厥。科学家为了研究某种因果关系，常常在实验室里创造一个纯粹的环境，控制所有外部变量，来观察研究对象。那个时代的中国较为封闭，女性地位和角色完全中性化，不必取舍干得好或嫁得好这类小资的烦恼。不过，20 世纪70 年代铁姑娘们的生活让当时雪莉·麦克雷恩等偏理想化的西方自由派人士着迷，有点类似没有自来水没有抽水马桶的旧式四合院，让享受着现代文明却怀旧、热爱古迹的人士一见惊为稀世之宝，但是真的让他们住在那样的环境里，恐怕坚持不了几天。也没有哪一个中国人愿意重新回到那个一切都被规划控制的年代。

随便给"嫁得好"派贴上开历史倒车的标签并不公平。应该说，"干得好"与"嫁得好"之争在中国出现其实是社会开放进步的体现，因为这说明了中国女性真正拥有了选择的权力。争论"干得好"与"嫁得好"哪个更重要，其实大可不必。进一步讲，"干得好"与"嫁得好"都没有脱离以男性思维来定位女人的臼巢——"嫁得好"就是嫁了个有钱的好老公，"干得好"就是跟男人在职场上平起平坐，挣的钱跟男人一样多甚至更多，反正怎么着都是和男人有关。钱是没有性别的，适合男人的理财诀窍，同样也适合女人。然而，男人的幸福观和女人的幸福观，却有着天壤之别。女人更贪"心"——除了物质的标准之外，女人总是忍不住扯上看不见摸不着的心灵感觉：别人怎么想？他对我是否真心？我和她比怎么样？正因为如此，女人经营生活、追求幸福，必然和生活之中钱以外的东西——特别是情感寄托分不开。

我们的这个时代可能是人类进化历史上的里程碑之一 ——地球上一半人的潜能开始得到承认和开发，其意义不亚于当年人类祖先琢磨出石器工具，大大提高了狩猎效率。在资讯为王的数字时代，体力强壮不再是"干得好"的唯一条件。女性拥有的是和男性一样广阔的空间。实在没有必要把"干得好"和"嫁得好"对立起来，自寻困惑和烦恼。在财女的生活投资组合里，"干得好"

和"嫁得好"不必有先后，更不必分敌我。

曾经看到杨澜接受采访时讲的一段话，觉得特别形象贴切。她说，无论是男人或是女人都要担"两桶水"，这"两桶水"分别是事业和家庭。[①]有的人觉得，如果我只挑一桶水会不会省点劲儿，但是力学的原理告诉我们"不会"。你一只手拎一桶水特别沉，还不如拿一根扁担挑"两桶水"，这两个水桶彼此间存在一个平衡关系。

所以不管你现在信奉"嫁得好"教义，还是在"干得好"与"嫁得好"之间举棋不定，或是坚决走"干得好"路线让别人去说吧，幸福的关键都在于你如何在个人意识、两性关系和社会责任之间找到平衡点。

也就是说，无论是"干得好"还是"嫁得好"，更重要的是这个命题是个人为命题。

---

① 《杨澜：考究女人 优雅不败》，《精品购物指南》，2010年1月7日。

"嫁得好"不等于一切都好

　　正如投资组合万变不离股票、债券、现金、房地产等，人生投资也是脱不开爱情、婚姻、职业、家庭、健康、人际关系等。把全部的资产都放在某一投资品种上就不是投资而是投机，在生活中"唯××至上"而忽略其余，你就是人生的赌徒。虽然投机不一定必然导致鸡飞蛋打，豪赌人生也有可能大获成功，但是这两种投资经营手段隐含的风险成本很高，因为你把主动权几乎全部交给了一个叫"运气"的神明。

　　女人最容易犯的错误就是"唯爱情至上"。我们的传统文化也主张女人扮演贤妻良母式的角色，似乎不牺牲自己照亮老公和家庭的女人就是自私的坏女人。近年来，"唯爱情至上"之风兴盛，让很多女人不惜冒着被讥为"小三"的大不韪而飞蛾扑火，在感情的泥潭里挣扎。更有很多刚刚踏上人生独立旅途的年轻女孩，看到生活的艰辛复杂，便下结论只有"嫁得好"才能早日到达幸福的彼岸。

　　对爱情的美好向往是女人之常情，让人回肠荡气的爱情是人性的升华。这两者都值得肯定，但笔者并不倡导玩世不恭。爱错人、嫁错人的代价是显而易见的，可要是你运气好，嫁对了人就万事大吉了吗？让我们来听一听关于"世纪大骗"麦道夫的众多报道中两则耐人寻味的故事。

一则发生在美国中西部城市明尼阿波利斯，那里富有的犹太社区是麦道夫重灾区。麦道夫在那里骗朋友骗熟人一骗一个准，当地一家高级乡村俱乐部成员几乎被他一网打尽。其中有一位40多岁、不愿意披露自己姓名的女士，在过去的十几年中，每个季度都雷打不动地收到一张从瑞士某银行寄来的麦道夫证券公司的支票。这位女士20年前曾经是本市一位德高望重的商界大佬的秘密情人。那位大佬信守诺言，在身后安排好小情人的生活，把他在麦道夫那里的投资收益全部留赠给了她。多年来，这位女士行事低调，一直过着安逸富有的生活。然而，随着"麦道夫事件"真相大白，快要年过半百的她从天堂掉进了凡间，面临着无一技之长、无生活来源的窘境。

另一则发生在麦道夫大本营所在地纽约，一位著名律师和他的前妻因为麦道夫骗局的揭穿"再度聚首"。三年前他们俩离婚分割财产时，最伤脑筋的是他们俩共同名下在麦道夫公司的投资——当时看来是一只会下金蛋的鸡，谁也不舍得把投资撤出来对半分现金了事。律师愿意花一笔钱把属于他太太的那一半买断，但是那一半的"公允价值"到底是多少，俩人吵得不可开交，此事一度成为纽约社交圈里的饭后谈资。最后虽然达成转让协议，但两人也绝对撕破了脸皮。如今那笔投资一文不值，律师便要求前妻退还当时的"买断钱"。前妻觉得他那时锱铢必较，现在恶有恶报，便向纽约小报的社交版透露了他的"无理要求"。律师则把前妻告上了法庭，冤家再次聚首，纽约社交圈里又多了一段恩怨情仇的故事。

遇到一位"贵人"从此过上安逸幸福的生活，婚姻破裂并且分家当的时候还被精明的律师老公占了便宜，这两种生活孰优孰劣，在麦道夫东窗事发之前毫无争议。可生活不喜欢平铺直叙，总要不时来点转折。"嫁得好"或者"傍上了有良心的大款"并不能保证你的生活从此一帆风顺，遇人不淑吃了眼前亏反而帮你逃过了"地雷区"，真是应了我们老祖宗的话：祸兮福所倚，福兮祸所伏。时运突变，令人感叹。

不过这两位女士的际遇本质上还是一样的：她们在生活中都扮演着被动的角色，生活给她们发张什么牌，她们只有接牌的份儿。在麦道夫这一出戏中，她们都被生活开了个玩笑。在她们今后的人生之路上，还会有什么样的曲折情节谁也无法预料。所以旁观的我们亦不可轻易下结论。但是有一点可以肯定，就是"嫁得好"与"嫁得不好"这种结论的有效期非常短。女人都离不开爱情婚姻这个支点，但是把幸福全部寄托在这单个支点上，人生状态必然总是摇摇欲坠，稍微一点外力逆流，轻则打乱你的重心，重则让你散了架。虽然也有可能一阵好风送上青云，但是谁又敢担保天无不测风云？

麦道夫被判 150 年监禁，但是绝大部分的钱已经无法追回，充其量只能让受害者们出一口恶气。其实，一个麦道夫被关起来了，还会有更多的"麦道夫"冒出来。掌握对自己生活的主动权，平衡人生的各个支点，不要被生活的突袭搞得手足无措，才是幸福的最好保障。

"嫁得好"需要后续"保质"工作

"嫁得好"是一时的风光，维持"嫁得好"是一生的事业。

英国足球明星贝克汉姆是成千上万女性的偶像，他的太太辣妹维多利亚则是这些女粉丝们嫉妒的对象。她长得远不是国色天香，胸也是手术刀"整"出来的，还嫁了这么个有钱有型的帅哥，不知道上辈子积了什么德。

不过，我认为应该是小贝感到幸运才对。和许多体育明星的太太比起来，辣妹确实容貌不算出众。在家庭收入方面，迄今为止小贝也绝对占大头。2009年英国富豪榜上，小贝两口子身家是1.25亿英镑，小贝的足球俱乐部合同以及广告代言收入占了80%。但是辣妹是"小贝＋辣妹"这个品牌的创造者和推手，可以说，没有辣妹，三十好几、在足球场上已经失色不少的小贝恐怕早就不那么值钱了。

体育明星的挣钱能力受运动生涯限制，单靠体育合同吸金，价码随着年龄增加必然走下坡路。辣妹的精明在于她认识到靠品牌挣钱比靠纯粹足球技术挣钱要持久得多，而小贝这个品牌的特质就是运动天赋和性感外形的结合。足球高手们都不属于小贝的"花头",电影明星里比小贝长得更帅的也大有人在,而把"花头"和"帅"两者结合在一起就稀罕得很。辣妹刚与小贝结婚时,小贝还处于事业上升期,她将重点放在提升小贝穿衣的品位上——小贝底子不错,但是结婚后穿着上了好几个档次显然辣妹功不可没。在辣妹的调教下,小贝成了跨体育、时装、音乐三界的"都市性感男"的代表,欧亚美洲皆知名,男女老少通吃。直接的效益体现在小贝代言的品牌越来越多,超越了传统运动员只代言体育用品的局限。虽然小贝在皇马踢足球的工资比其他世界级球星如齐达内低 1/4,但他的场外收入却是齐达内们的好几倍。

随着小贝年纪的增长,足球场上的英姿渐渐不再,每次小贝参加比赛的新闻不是他踢进了几个球,而是他有否脱光上衣。加上英国足球的风格一向是横冲直撞,凭体力取胜,小贝的地位受到足球新秀的严重威胁。辣妹在这关键时刻想出了移师美国的主意。足球在美国职业体育市场上是边缘品种,美国职业足球协会急于提升足球影响力,小贝这样运动巅峰已过、功夫在球外的球星,只有在美国才能价值最大化。为了把小贝的知名度在美国市场发扬光大,辣妹还一手炮制了"小贝辣妹搬家到好莱坞"的电视真人秀,非常成功地让各大媒体都给足了版面。尽管臭评居多,但是美国人算是认识了甲壳虫乐队以来最有名的英国出口品。虽然美国职业足球市场并没有从此振兴——不过雇了小贝的银河队出场费涨了 5 倍,卖小贝号码球衣的收入也颇为可观——这并不妨碍"小贝+辣妹"品牌在美国站住脚跟。2009 年年初摩托罗拉手机和小贝续约,可见"足球"在"小贝+辣妹"品牌里已经退居次要地位。

辣妹脑筋"活络",已经在开发"小贝衍生品"。从 2007 年起，她用 dVb 商标开始经营时装、香水、太阳镜等产品。大写的"V"代表 Victoria（辣妹的本名），小写的"d"和"b"是 David Beckham 的缩写，用心一目了然。辣妹对经营"小贝＋辣妹"这个时尚品牌非常用心，她从不忌讳承认自己严格控制饮食，在维持自己形象时"很有纪律性"，永远都是穿着 6 英寸以上的高跟鞋出现在人前。"要是我穿得邋里邋遢跑到超市里，那样会影响我的事业。"她这样对记者说。相比之下，同为歌星出身、然而任性放纵的小甜甜布兰妮常常被狗仔队拍到一副大妈样，很难想象她的事业还能再有"第二春"。

　　机会总是垂青有准备的人，运气总是降临于努力的人。不难想象，小贝一家未来的"钱途"更多地要靠辣妹的脑瓜子而不是小贝的脚板子。嫁得再好，不思进取，也有坐吃山空之虞。再者，婚姻不是单行道，把自己置于接受对方恩惠的一方，既不安全，也很无聊。2008 年美国房地产市场崩盘的名人受害者之一薇罗尼卡·赫斯特的故事就很说明这个问题。

　　薇罗尼卡是美国新闻业巨头威廉·兰道尔夫·赫斯特的儿子兰迪·赫斯特的妻子。在兰迪去世前一年，《福布斯》杂志估计他的身家在 160 亿美元左右。可是在他老爸严格的信托条件规定下，2000 年兰迪去世后，他的遗孀薇罗尼卡只继承了 400 万美元现金和他个人名下价值 6 000 万美元的房地产。

　　你可能要说，这也不是一笔小钱啊！可是要知道，在兰迪在世的时候，薇罗尼卡动辄在著名设计师那里花上个几十万，频频在家大宴宾客，她的生活就像童话一样富足完美。2000 年年初，在薇罗尼卡的坚持下，夫妇俩以 3 000 万美元的价格买下了佛罗里达的一座豪华庄园。

但是，兰迪深知他身后薇罗尼卡很难继续维持这种超豪华、高调的生活，他叫他的律师替薇罗尼卡把点关。尽管律师诚恳地建议薇罗尼卡把佛罗里达那座豪华庄园尽快卖掉，而且在房地产泡沫破灭之前，确实有好几位买家有接手的兴趣，可是薇罗尼卡觉得这个庄园有助于巩固自己在社交圈子里的地位，于是把律师的话当耳边风。此时，只出不进的她现金流也出现了问题，于是她又开始抵押自己的房产和艺术收藏。等到房地产市场在2007年下半年开始走下坡路时，薇罗尼卡终于扛不下去了。这时候她再想卖掉那座豪华庄园，已经太晚了。

2008年，薇罗尼卡的佛罗里达州豪宅被债主没收。不仅如此，资料显示她还欠了银行另外一笔2 500万美元的债务，因为她借款的时候用自己在曼哈顿花园大道的公寓以及在纽约郊区的豪宅作了抵押。不久后银行把那两处房产也没收了，她从光彩照人的赫斯特太太沦落到连安身之处都没有了的破产老太婆，从此在纽约社交场所销声匿迹。

其实，在嫁给比她大30多岁的兰迪之前，薇罗尼卡有过两任丈夫，基本上都是仗着自己的美貌"择钱而嫁"。尤其说明问题的是她与第二任丈夫、哥伦比亚水泥巨头、81岁的乌莱伯结婚时，乌莱伯已经处于脑癌后期，婚后50天就撒手人寰了。薇罗尼卡和乌莱伯的子女打了一场官司，据说最后拿了1 000万美元以及几处房产了事。

薇罗尼卡的大款丈夫们可能个个都在有钱程度上胜过小贝，薇罗尼卡年轻时的外表、风度、气质也比辣妹维多利亚出众，可是她的策略似乎只是嫁人花钱，一旦下一任丈夫没有着落就完蛋。她对待钱的观念说得好听是天真，说的难听是愚蠢。她晚年遇到

这样灭顶性的打击，其实是她过去一贯行为埋下的种子

总之，不管在太阳底下哪个地方，"嫁得好"都是一种非常容易过期变质的定论。嫁入豪门的你，并不就此成了"富婆"，本质上你仍然只是有个"富翁"丈夫的女人，而且这种状态不是永恒不变的。把一辈子的幸福压在一个不确定的支点上，是不是太盲目了？

你的幸福是你自己的责任。把这个责任推给你的另一半，是的，你是免了金钱方面的麻烦，可你也失去了对自己生活的主导权。

幸福财女智慧

· 换个思维方式，不要再把"干得好"与"嫁得好"当成"鱼与熊掌"式的命题。

· "嫁得好"只是一时，"干得好"也不是生活的全部，把生活组合经营得好才是长久之计。

第六章

"剩女"与"坏女人"
——不嫁又如何

钱常常代价太高。

——美国 19 世纪著名作家　爱默生

把钱当成你的上帝，钱就会像魔鬼一样来折磨你。

——英国 18 世纪小说家　亨利·菲尔丁

人类最古老的需求之一就是当你晚上不回家时会有人操心你的去向。

——美国人类学家　玛格丽特·米德

　　改革开放给中国带来了天翻地覆的变化，其中最突出的当属女性的社会角色的转换。革命清教徒时代，女性只是革命队伍里的女同志。现在，"白骨精"、打工妹、全职太太、女企业家、小保姆、女博士……林林总总，数不胜数。最有时代特色的可能就是"拣尽寒枝不肯栖"的"剩女"和傍大款的"坏女人"。俗话说，男大当婚，女大当嫁。这两类女人却来了个"女大不嫁"！她们的存在和传统伦理秩序及道德观念格格不入，引来很多非议。

　　那么，不嫁又如何？

"剩女"不是问题

　　中国自 20 世纪 70 年代末开始执行计划生育政策以来，中国的男女比例就有点失调。大部分国家正常的男女出生比例是每 100 个女婴比 103~107 个男婴，而中国在 2009 年已经远远超过警戒水平，达到每 100 个女婴比 132 个男婴！这意味着在不远的将来，中国会面临"新娘荒"。按理说，人口分布现状对中国女性极其有利，可令人不解的是，"剩女"现象却愈演愈烈（据说光北京就有 50 多万）。老爸老妈着急，单位领导操心，街坊邻居议论，同事朋友感叹，社会学家争鸣，怎一个"剩"字了得！

　　在地球另一面的美国，统计表明在东海岸及中西部的绝大部分大城市里，25~44 岁的适婚单身女性人数远远超过自然男女出生比例，其中以纽约尤为突出。《纽约时报》专栏女作家莫琳·多德还在 2005 年出了一本引起不小争议的书，书名就叫《要男人干吗》（*Are Men Necessany*）。

　　不过好像没有任何政府部门或者社会团体为"剩女"问题大惊小怪，反而还诞生了一部收视率非常高的电视剧《欲望都市》。剧中 4 位生活在纽约这个大都会的女性感情生活相当有料，她们我行我素，既和观众分享追求梦想的快乐，也不介意向观众暴露自己的窘态，在世界各国（包括中国）的都市女性观众中引起了广泛的共鸣。凡是剧中出现的时装设计师产品、剧中人物光顾过的餐厅等都成了到纽约旅游的新项目，"剩女"的故事为纽约**GDP**作出了不小的贡献。

绕了这么一大圈子，其实说明"剩女"现象并不值得惊诧。从某种意义而言，"剩女"现象是经济多元化、女性独立能力增强、社会宽容程度提高的产物。著名女权主义者格劳里亚·斯坦纳姆有过一句惊世骇俗的话："没有男人的女人，好比没有脚踏车的鱼。"反过来讲，女性从被局限于锅台前帐帷后变得日益融入社会，给社会发展注入了新的动力，促进了社会经济的进一步繁荣——"剩女"的贡献可是多少部电视剧都拍不完呢。

女人翻身

美国著名研究中心 Pew Research Center 的最新报告《The Rise of Wives》指出，1970 年，大约在 4% 的家庭里，妻子的收入超过丈夫，在 28% 的家庭里丈夫的学历超过妻子；而到了 2007 年，在 22% 的家庭里妻子挣钱超过了丈夫，学历高低则完全翻了个个儿——在 28% 的家庭里妻子的学历超过了丈夫。而流行文化中，近年来频率颇高的"姐弟恋"也从另外一个侧面反映了女性地位的变化。

"坏女人"的次贷式生存

　　不过，现实生活中的"剩女"们所面临的问题可不一定像电视剧那样光鲜。有人就曾经质疑《欲望都市》里的那4位小姐，以她们的工作收入怎么可能买得起左一套右一套的著名设计师的服装、鞋子、包包、首饰，进出各家优雅的餐厅，还不时地到加勒比海去度假？

　　由此不难理解，在中国女性的自主选择下也产生了相当规模的"二奶"、"拜金女"、"小三"、"傍大款"人群，有人还总结说："男人有钱就变坏，女人变坏才有钱。"她们之中固然不乏追求真情而陷入复杂感情旋涡，但是牵涉的对象大多为社会地位较高、经济条件较好的男人，也难怪都被贴上贬义的标签。

　　笔者不同意用道德教条来鞭笞，但是撇开道德观念，这种选择有两个致命的缺陷。

　　首先笔者要提醒各位跃跃欲试往"坏"里头发展的女同胞注意：在这个看似智慧的总结里，"变坏"是必要条件，但不是"充分"条件，也就是说，不"变坏"不会有钱，但是光"变坏"并不肯定让你有钱。

再者，"忍把浮名，换了浅斟低唱"，甘心于非正常生活，来获取物质上的满足，笔者谓之"次贷式生存"。"傍大款"走捷径过上富裕生活和靠变相贷款住上豪宅的相通之处在于，你向往某些你力所未能及的东西，不惜一切代价获得了它，但那只能是短暂的拥有。假如你的能力没有增强，所获得的东西还是会从你的手中溜走。遇到一位金主，不用辛苦奋斗就可以享受生活，看似很合算，但是你有没有想过，其实你在用自己的青春作抵押，透支生活的成果。你的全部生活投资都压在一笔次级贷款上，还有什么比这种状态更危险？

在"最有效益生活曲线"图上，"剩女"和"坏女人"都偏离了最优化的位置①。"剩女"们固守自己的原则，斟酌着什么样的爱情值得自己付出，躲藏在"蜗牛居"角落，绝不轻易冒险。"坏女人"在"快车道"以北豪赌青春，人生轨迹很像攀登一座另一边是悬崖、且没有退路的高山。

然而"剩女"比起"坏女人"有着绝对的优势，那就是如果从"剩女"所处的位置向"最有效益曲线"移动，只有向上。而如果从"坏女人"所处的位置向"最有效益曲线"移动，只有向下。"剩女"掌握着主动权，只欠东风吹来，"剩女"即可乘风而上。而"坏女人"高则高矣，却是高处不胜寒，不管什么风都有可能动摇她们的处境。

人面临的选择常常只有两种：容易的和不容易的。而相比之下容易的选择只有一个好处，就是它很容易。可是你要挖掘一下

---

① 之前提到的 Pew Research Center 报告《The Rise of Wives》指出，从 1970 年~2007 年的 40 年里，已婚成人比单身成人的收入增长要快得多。

"容易"背后的隐性成本,"容易"就很容易变得"不值"。

人作出的选择常常是跟自己对事物价值的判断有关。选择次贷式生存,多半是你觉得眼前能得到的东西值得自己放弃对生活的主动权。选择独行,多半是因为你坚守自己的价值,不愿意降低标准将就凑合。

生活是你一辈子各种选择的总和。没有人能够永远洞察一切,从不犯错。有哲人说,能否作出好的选择取决于是否经验丰富,而丰富的经验则来自于过去众多的坏选择。愿天下所有"剩女"和"坏女人"都越来越靠近"最有效益生活曲线"。

从"剩女"到财女

作为单身女性，你面临的最突出问题是如何给自己建立起一个"保护网"。建这个"保护网"所用的材料包括以下几种：

第一，应急现金和其他流动性高的金融投资；

第二，基本投资常识和有纪律、持续的长期投资观念；

第三，健康的生活习惯和消费方式；

第四，社会网络关系资源。

第一种材料似乎最直观简单，毋庸赘言。但是，很多人总觉得自己还年轻，来日方长，不需过早作这种准备。生活中不可避免会出现各种各样你预想不到的局面，不管你是多么能干、风光的"白骨精"，没有足够的战略现金储备，一旦遇到意外，你将陷入非常被动狼狈的境地。至于多少现金储备才足以抵挡不测风云，一般来讲，你应该留出相当于6~9个月的生活必要开支的资金，而且大部分（2/3以上）要存放在最安全、信用最好的银行，其余的可以投资于货币市场基金。

第二种材料是让很多女性打退堂鼓的东西。大部分人对"金融"、"投资"等有敬畏感，觉得那是经济学家的天地，常人无法涉足。其实，基础的投资常识并不很复杂，可以毫不夸张地说，在中国，所有经历过高考洗礼的人，稍微花一点时间就都可以掌握。掌握这些基础知识之后，你虽然与专业人士还存在差距，但是你至少可以了解自己在哪些方面需要专业人士帮助，而且可以向专业人士进行有准备的发问，从而大大提高你找到正确解决方案的可能。就像《财富》世界五百强公司的CEO们，他们在企业的具体业务操作上未必是专家——很多甚至完全是外行，但是他们了解企业的战略发展方向，知道让企业赚钱的基本原则是哪几条，知道如何调动下属的积极性从而管理好企业。你也没有必要成为投资专家，你只需要保持关心自己财务问题的积极性！

哪些基础知识是必不可少的？

- 各大类资产的收益和风险特点，以及资产配置的基本原则[①]；
- 重要技术概念：钱的时间值、复利、年平均回报率、投资期、风险波动率、分散风险、相关性、流动性、股票市盈率、债券价格与市场利率的关系、机会成本、主动管理与被动投资、证券期权与证券本身的关系；

---

① 参见本书第四章。

- 影响投资的主要宏观因素：经济增长率、利率、原材料价格、通货膨胀率、人口结构与分布；
- 了解主要投资策略。[①]

你不用花大价钱就可以获得有关这些概念的信息——在搜索引擎上键入关键词，你就可以免费得到相当丰富的信息。国内优秀的财经媒体不少，不妨多多关注。另外，世界各大金融媒体目前也都纷纷推出中文版，《华尔街日报》中文版网站（cn.WSJ.com）和《金融时报》中文版网站（www.ftchinese.com）就是两个非常值得收藏的网站。每天浏览一下，你的金融知识以及判读经济金融相关事件的能力不久就可以突飞猛进！

如果说投资基础知识是起点的话，长期投资观念就是方向盘。长期投资的含义有以下几层。首先，你要清楚自己目前所处的人生阶段以及自己的最终目标。大部分"剩女"已经接近或者步入而立之年，最终目标应该是靠自己的能力获得财务独立——把"遇到 Mr. Right"作为锦上添花类事件来看待，而不是当成自己长期计划的一部分。虽然投资期还很长，但是行动也刻不容缓。其次，你要仔细衡量自己的风险承受能力，建立相应的资产配置。投资不盲目跟风，市场波动时也不惊慌失措。最重要的是，你要有恒心。单身的你，收入在扣除各种开支之后，能放进投资账户里的余钱可能并不多。不要小看这一点一滴，因为复利可以创造奇迹！

---

① 参见本书附录一。

第三种材料来自于主动管理自己资产负债表的右半边。除了我们在第四章中讨论过的那些方面,"剩女"们在消费方面还有特别的"雷区":没有别人为你买单这样的"好事",你"纠错"的余地就比较小;因为生活压力,用消费来减压似乎顺理成章,常常"一发不可收拾"。因此养成良好的消费习惯尤为重要。《欲望都市》里那4位小姐令人眼花缭乱的衣食住行虽然有一点点现实的影子,但为了让观众赏心悦目不免有虚构的成分。

消费开支比例大纲

一般来讲,你的可支配收入应该大致按照如下比例分配:10% 存起来,用于补充应急基金和进行长期投资;不超过 25% 用于房租(假如你买房的话,不超过 33% 用于供按揭);5%~10% 左右用于住房相关费用,如水、电、煤等费用;10%~20% 用于饮食;10% 左右用于交通;3%~5% 用于服装等;5%~15% 用于个人维护及娱乐,如美容、健身、旅游等。如果有剩余,应该首先放进存款或长期投资中。要是你在非投资类方面花的钱超出这些比例,你就有必要反省一下,并尽快进行调整!

健康的生活习惯乍一看似乎和"理财"有点脱节,其实那是你巩固自己资产负债表的极其关键的一步。你的个人健康如果出现问题,很可能会把你多年苦心经营的结果毁于一旦,让你的资产元气大伤。从年轻时就培养自己的良好生活习惯,将来你才能排除资产负债表上的"地雷",收获健康红利。美国著名女作家多罗茜·帕克说过:"金钱买不来健康,那么我就要个镶满钻石的轮椅吧!"你能想象坐在豪华轮椅上的"幸福"状态吗?

第四种材料和你的人力资产有关,对"剩女"们尤其关键。是的,你可以没有 Mr. Right,但是你不能没有谈得来的哥们儿姐们儿,不能没有能给你指点迷津的前辈导师,不能没有会支持你、理解你的同行,不能没有惦记着你(有时甚至操心得过了头)的亲人……意识到自己的"独轮车"有一定的先天不足,你需要加倍努力,扩展自己的社会网络关系资源来弥补。

"保护网"建立起来了,并不是说你的生活,从此一帆风顺。"保护网"需要你去维护,需要你去加固,需要你去完善。这是一个动态的过程。然而,正是在你亲自动手建立"保护网"的过程之中,你开发了自己的新潜能,增强了自己的自信心,锻炼了自己的判断力。换句话说,你得到了真正的保障——丰富的阅历、成熟的性格和作出聪明选择的能力。有了这些,你就有了主宰自己生活的自由,获得了真正的独立。

幸福财女智慧

· 人作出的选择常常是跟自己对事物价值的判断有关。不管短期获利有多诱人，请不要随便把自己贱卖了。

· 勇敢走出自己熟悉的"习惯性"区域，向"最有效益生活曲线"靠近。

第七章

什么样的男人值得你投资

有两种方法可以让你真正了解一个人。一是和他一起生活，一是看他如何对待钱。

——美国杰出的投资顾问兼作家 约翰·斯普纳

太多人花着他们还没挣到的钱，去买他们并不需要的东西，为的是在他们并不喜欢的人面前炫耀显示一下。

——美国当代著名黑人影星 威尔·史密斯

要在这个世界上成功，能够看穿谁是傻瓜的能力比发现聪明人的能力更重要。

——拿破仑时代法国著名外交家、政治家 塔列朗

一个理想的妻子是一个拥有理想的丈夫的女人。

——佚名

婚姻是女人人生投资组合中最重要的投资之一。在茫茫人海中如何找到"Mr. Right"——完全凭运气或缘分，还是有什么金科玉律可以遵循？

答案就在风中飘。

请不要以为我在故弄玄虚。这个问题没有标准答案，因为″Mr. Right″因人而异，就像没有一种投资是″放之四海而皆准″的。″如何选对老公″可能是个解不开的难题，如果有人可以给个公式或者解出答案，得诺贝尔奖都不为过。

不过请不要完全灰心，还记得前面那张″最有效益投资曲线″图吗？你的Mr.Right就在那条线的某个点上，用排除法，去掉那些远离最有效益曲线区的″候选点″，你就离Mr.Right越来越近了，你的寻觅可以少走些弯路，不至于非要踏破铁鞋。

嫁人要嫁什么股？
——"完美"老公的特点

大部分的女人都明白男人的长相无关紧要，可是关于男人的钱，很多女人对此都有误解。

美国著名女影星拉娜·特纳曾经有过一句让人莞尔的"名言"："一个成功的男人就是一个挣的钱超过他老婆花的钱的男人，一个成功的女人就是找到了这么一个男人的女人。"这跟你的想法有点"合拍"吗？

有人说，找老公要找绩优股。

绩优股谁不喜爱？业绩如芝麻开花节节高，集万千股民宠爱于一身，股价一路上扬，让你赚得盆满钵满。老公能干"绩优"，收入见长，身家越来越丰厚，嫁了这样的老公，面子上有光，好日子在后头呢。

然而，绩优股不一定永远绩优，地球的万有引力是永恒的，回归均值是必然，再厉害的公司也不能打破经济规律，只增长不停步。绩优股往往因为大家期望太高，股价"虚火"较旺，一旦业绩与期望稍有落差，绩优股眨眼变成垃圾股的例子比比皆是。绩优股的特点是飞得高、摔得重。投资绩优股，必须头脑冷静，见好就收，否则只能纸上富贵，最后空欢喜一场。

华尔街的银行家就类似绩优股。2003~2007 年，银行家们的荷包一年比一年鼓，年终奖金似乎只沿着一个方向移动：往上。女孩子们纷纷以与投资银行家约会“发展”为荣。可是金融风暴袭来，银行家们饭碗不保，又被千夫所指而成罪人，被公众舆论谴责得灰头土脸，以至于在酒吧里和女孩搭话都不敢说出自己在哪个地方工作。

中国也有类似的情况，所谓“财富排行榜的诅咒”就是颇具中国特色的绩优股现象。多少位意气风发的上榜富豪转眼之间就被拉下马打入地狱，“绩优”时间何其短暂！

拯救情人节

“情人节，他送给我昂贵的礼物和鲜花，我真开心真感动，我的同事们也好羡慕……”

还有什么比两个相爱的人互赠礼物更温馨甜蜜？

然而很遗憾的是，越来越多的女孩子变成了商家的促销人员，情人节成了考验他“爱我有多深”的关键时刻。铺天盖地的广告不无威胁地告诉你，你若是没有人送花、送巧克力、请吃豪华情侣大餐，你就是个失败者。而男人们在这种时候，也是痛苦不堪：送得贵吧，钱包受不了；送得便宜，又生怕被责怪小气、不够爱她。

据国际大众零售协会的统计，每年情人节，男人买东西花钱的数目都要大大超过女人。该协会的前任主席曾经说过，情人节是男人们“不买礼物则亡”的日子。

本来是庆祝和分享的节日，成了爱情"生死攸关"的时刻。

商家正是吃准了男人女人的心理，来个"市场定价"，情人节必备物品的价钱是平时的N倍，你虽然明白这是趁火打劫，还是往火里伸手或者把他推进火堆。

情人节送给你昂贵礼物——尤其是在你、周围的人、商家的暗示或者压力下——并不值得太当回事。你有没有很意外地收到过他的礼物，而且是很用心的礼物？自发、真诚的感情表达胜过一切。

他花那么大的力气讨你一天的欢心，他能坚持一辈子吗？婚前的表现太超常，婚后往往无法持续——谁能以百米冲刺的劲头跑一辈子？假如他因为买礼物而剥掉一层皮，你还是赶紧把他从情人节误区里解救出来吧，要不然他哪天就先后悔了。

礼物的昂贵和显眼可以让你的虚荣心膨胀，也可以让你的判断力钝化。要知道，这世界上有很多不忠的男人可以很大方地送你情人节礼物。据说"老虎"伍兹在被太太艾琳发现劣行之后，曾经向好友及高尔夫球界前辈格雷诺曼求教平息太太怒火的方法。格雷诺曼说，你赶紧去趟珠宝店，挑个至少5克拉以上的玩意儿！所以，不要用这一天的短暂表现来衡量你们的感情。判断某个投资产品是否值得你关注，你需要观察它在各种市场状态下（牛市、熊市、温吞振荡市）的表现，才能得出比较可靠的结论。判断哪个男人值得你投资，你也需要通过不同季节、不同环境的多面棱镜来观察他。1年有365天，给这么一个人为气氛浓重、被商家操纵的节日这么高的权重，你最后得出的结果会有很大的偏差！

有人说，找老公要找价值股。

价值股其貌不扬，初一看没有什么吸引人的地方，大多数时候还有点瑕疵毛病什么的。但是有慧眼的投资者透过表面现象看到价值所在，以十分低廉的价格进场，等到风水轮转，以前的灰麻雀飞上枝头变凤凰，便可以获得惊人的回报。

价值投资的道理谁都好理解——低买高卖，很多人也把它挂在嘴边，自诩为巴菲特的信徒。可是价值投资对投资者的神经强度和耐心要求很高。价值股可能很长时间都没有什么起色，你的坚持可能会遭到很多怀疑，你对价值股的最坏局面的估计可能还不够坏，在看似"众人皆醒我独醉"的时候，你能否沉得住气？而且价值股公司所从事的行业往往是和潮流、时髦的东西沾不上边的，愿意为价值股投入精力财力的投资者需要具备甘于寂寞的品质。

选股难，选价值股更难，选价值股型的老公，难上加难。芸芸众生之中，"疑似"价值股的太多了，你是否有那么一双慧眼，不会被"价值陷阱"套牢？投资分析师们总算还能将公司财务报表提供的数字，放进复杂的财务模型里，键盘噼里啪啦按一通，煞有介事地预测出公司未来的"目标股价"。你判断未来老公的价值可就没什么公式可搬用，特别是当你的心在领导着你的大脑时，你的客观判断度可能会受到很大影响。

价值股往往需要"苦守"多时。巴菲特之所以能点石成金，跟他窝在偏远的内布拉斯加州小镇奥马哈，过着朴素简单的生活很有关系。要是住在纽约、伦敦那样的拜金味浓重的大城市，周围全是花钱如流水、互相较劲的时髦人士，很难沉得住气。巴菲特的投资组合里基本上都是很〝老土〞的公司，它们的产品大多是必需品，它们提供的服务大多是幕后的，跟名人、名模、奢侈品之类闪闪发光、华丽耀眼的东西很少沾边，但是日复一日年复一年有着稳定的现金流。即使一时半会儿公司股价上不去，他也不用着急，守得云开见月明。与其说他的钱袋深如海，不如说他手紧不漏财或者不破财。

守着你认为有价值潜力、暂时〝落难〞、时机未到的老公，你得扛得住周围人敲边鼓。好像龟兔赛跑中，那兔子没睡大觉，而是不时地笑话你、炫耀它的速度，那乌龟的处境比被兔子甩开一大截要难堪得多。还有，与股票不同的是，股票没有情绪不会吭声，而你的价值股老公却是大活人，不被大多数人理解的他（价值股的定义就是〝暂时被埋没的珍珠〞）能否耐得住寂寞？山穷水尽之处，柳暗花明无望之时，他能否立场坚定不动摇？共患难的你们能经受住生活的压力测试吗？

有人说，找老公要找潜力股。

潜力股，顾名思义，当前还没成型，但是用超前的眼光来看有爆发力，会成大气候。风险投资干的就是这事。一说起风险投资，大家脑海里就浮现出搜狐、网易、携程、百度等典型，给它们投钱的风险投资家们已经收获了十几倍、几十倍的回报。

在这些令人赞叹的成功案例背后，风险投资家们经历过多少失败？风险投资家关注的是控制〝失败率〞（80%的失败率属〝正常〞），他们的业务模式是广播种，期待有一两个惊天动地的成功以弥补大部分投资的收获平平甚至颗粒无收。硅谷著名投资人保罗·科德罗斯基在接受采访时曾经指出，1/10的成功率是风险投资家们梦寐以求的目标，而在有的领域如生命科学，你得接受1/50

的成功率。最成功的风险投资公司也常常是失败率最高的公司。

想找到潜力股般的老公，先要做好众里寻他千百度的思想准备。

潜力股之所以一旦成功就回报惊人，与投资人的进入阶段有相当大的关系。一般都是早期（或者"天使投资"时期）就进入的才有巨额回报的可能性（还不是必然的），等到企业已经成熟再搭上车，投资回报的空间已经大大压缩。做天使投资人，比做伯乐还要难。伯乐至少看得到实实在在的马，天使投资人常常凭一个概念、一个设想就得作出决定。

想要发掘到潜力股般的老公，需要想象力超强，或者有先知先觉……更何况，找老公不能像风险投资家那样能"广种"，你的成功概率还要再打折扣。对于我们凡人而言，潜力股般的老公，可遇不可求。

潜力股的故事

1978 年已经 23 岁的比尔·盖茨看起来仍然像个十几岁的孩子，没有很多人把他当回事。微软公司的第一位前台接待员回忆说，她是在盖茨出差的时候被雇用的，有一天看到一个穿着球鞋 T 恤牛仔裤、头发乱糟糟的年轻人冲了进来，直奔"闲人莫进"的机房。她急了，心想，这哪儿来的小孩，他可不该在这儿乱窜，在去叫人来赶走他时，才知道这个小毛孩就是公司的总裁。

那时电脑软件行业刚刚兴起，大公司如 IBM 等都没太把微软当回事，只想着有这样的小公司给它们的硬件提供一些附加小应用软件，让客户感觉得了点便宜也不错。正是这些大公司不把微软当回事的轻敌态度给了微软成长壮大的空间。

微软公司在 1986 年上市，上市当天每股股价由 7 美元跃升至 28 美元。此后微软股票分拆过 9 次，否则每股股价将达 8 928 美元。

2008 年，微软共同创办人保罗·艾伦回忆说，当初他把公司事业想象得很大，没准会雇用 30 来个人。除了比尔·盖茨以外，谁都没有预料到这个发源于新墨西哥州沙漠中、由一个长着娃娃脸的年轻人领导、雇用了一打嬉皮技术呆子的小公司的潜力会大到称霸世界。硅谷的著名科技公司如英特尔、谷歌、苹果等均得到过风险投资的支持，只有微软是个例外。虽然这和比尔·盖茨紧控股权有关，但是在公司创办早期风险投资家们还是有机会的，只是他们都错过了。说实话，即使比尔·盖茨的太太梅琳达在那个时候也未必会看得中一副"电脑程序员书呆子"样的盖茨。

李白再世，也会感叹：看准潜力股，难于上青天！

有人说，找老公要找蓝筹股。

蓝筹股一般都是有历史、底子厚、经营佳的公司，在行业里是龙头老大，在社会上是受欢迎的"创业公民"，股价稳定，红利细水长流。任何人的投资组合里都应该有蓝筹股的位置。在投资行业中，这类股票被称为"孤儿寡妇股"，因为它们风险低，可以成为没有其他经济来源的孤儿寡妇们的生活保障。

蓝筹股式的老公，似乎无可挑剔。谁不喜欢可靠又稳重、已经通过生活考验、物质根基牢固、得到广泛认可的成功人士？不过，蓝筹股之所以被公认为蓝筹，因为它们已经经过岁月洗礼。蓝筹股式的成功人士，多半已经相当"成熟"——人生过半，事业有成，家庭幸福，没有你的机会了。主张你不要去碰那些"MBA"（married but available，已婚但是可及）们——有这种行径的蓝筹股人士的"蓝筹性"已经变质，非但不可靠，反而有毒。

可能有人要说，"富二代"不就是蓝筹股王老五吗？年轻，等着接掌蓝筹家业，前途似锦。问题在于，假如"富二代"没有父辈的奋斗精神，没有足够的责任感，庞大的物质财富反而会成为负担，放大他们的缺陷。从某种意义上来讲，"富二代"虽然罩在蓝筹的光环之下，风险却和中小盘股一样高——成长过程中不确定性很多——多少公司尽管得到充裕的资金支持，也拥有天时地利，最后却因为种种原因不能站住脚而黯然关门。

最新的流行说法是，嫁人要嫁公务员。如今，"嫁碗族"的队伍阵容日益扩大。《南方都市报》报道，国内一家婚介网站发布的"最有异性缘的男性职业排行榜"显示，最受女性择偶者青睐的十大职业，公务员高居榜首；"中国幸福指数调查"显示，公务员已经成为当下公认的最幸福职业。在阐述原因时，多数人都认为公务员拥有体面的职业、丰厚的收入、优厚的福利及稳定的升职空间。公务员突然变得吃香和就业市场的严峻形势有关。找工作难，找到工作后保牢饭碗也很难，大学毕业的白领金领们也面临朝不保夕的压力。旱涝保收的公务员，就像跳进了龙门的鲤鱼，过着风平浪静的生活。难怪女孩子们突然"务实"起来。

和公务员相仿的投资品种应该是政府债券。虽然增值幅度有限，但是本金无虞；利息不高，但是不会断档。在投资组合里，债券起的是平滑整体波动度的作用。尤其在股市大幅振荡时，人们总是躲进政府债券这个"掩体"里，寻求安全保障。与股票相比，政府债券风险低得多，但是也不那么激动人心、引人瞩目。天地广阔，你选择走最平坦的路，注定了你会错过很多风景。公务员老公的收入可靠稳定，你也随遇而安，然而时间久了，你是否会觉得乏味？是否会为没有闯荡过奋斗过而心存一丝遗憾？

此外，政府债券并非万无一失的投资。利率上涨，政府债券首先受到打击，特别是在通货膨胀的环境中，会大幅贬值。遇到这种情况，债券会变成吞噬价值的黑洞，你得赶紧抛售，把本钱投入可抗通胀的产品中去。不过老公可就不是随时可以"抛售"的。世事变幻，今天看起来体面的职业，明天可能就不值钱了。习惯了养尊处优的公务员生活，很多生存功能都可能已经退化钝化的他，能否随机应变？

绩优股、价值股、蓝筹股、政府债券，没有哪一种投资是最好的。从纯粹投资的角度而言，你的投资组合应该保持多样化，绩优股、价值股、蓝筹股、政府债券等，都要有一点。哪一样应该投多少，取决于你身处于什么阶段什么地点。

最理想的能挣钱的老公是集绩优股、价值股、潜力股、蓝筹股、政府债券的优点于一身。可这个要求显然有点不切实际（如果真有这么个人，他也迟早会得精神分裂症）。

拿着投资守则按图索骥找老公，结果多半是你想要的不出现，出现的不想要。关于你在什么时候什么地点遇见什么样的人，命运的发言权大于你的发言权，关键是你如何聪明地玩好命运发给你的牌。不管你的他是绩优股、价值股、潜力股、蓝筹股，还是政府债券，你在感到自豪欣慰的同时，也要清醒地认识到，他们都有各自的局限。收入高不等于拥有财富。他挣多少钱、有多少钱是次要的，重要的是他如何为人处世、打理财富。当前绩优，未雨绸缪，才能真正高枕无忧；身怀价值，不妄自菲薄，才会真正有出头之日；蕴藏潜力，不恃才自傲，才能真正实现潜能。蓝筹虽好，对你未必合适，你也不必削足适履（对于那些"倚蓝卖蓝"，企图趁你崇拜蓝筹之时而利用你的，尤其要警惕）；至于政府债券型的他，你要扪心自问：你真的只想要一顶保护伞吗？

　　你的幸福最终取决于你自己。比如菜鸟经理人，即使交给他最优质的投资，也可能把事情搞砸；而优秀经理人则可以化腐朽为神奇。没有最完美的投资，只有最合适于你的投资；没有最完美的老公，只有和你最般配、与你最来电的老公。

说"般配"

　　人们总是把"般配"一词跟相貌、文化背景、社会地位等东西联系起来。可是在你和他讨论双方共同的爱好、口味时，有没有加上"对待钱的态度"这一条？假如你们在这方面的价值观差别太大，就可能为日后争吵埋下导火索。他是乱花钱，还是有点抠门？他宁可打肿脸充胖子，还是甘于清贫？他喜欢攀比，还是随遇而安？他是今朝有酒今朝醉，还是未雨绸缪？对家人慷慨无度，还是有理有节？总之，他挣多少钱不重要，重要的是如何对待钱。坦诚相见，请不要忘记向对方公开自己对钱的态度，更不要因为不好意思而逃避这方面的交流。

像选择基金经理一样选择老公

选择老公的时候，我们都希望自己能火眼金睛，识破耍花招的人，找到可以托付终身的他。

我因为工作的缘故（帮助客户遴选投资产品，设计投资方案），整天和各种各样的基金经理打交道。时间久了，觉得选择老公和选择基金经理很有相通之处——注重能力和信任感。

选择能干的基金经理，希望自己的投入有丰厚的回报，未来获得保障。选择有才华的老公，希望他有能力为自己带来幸福。

选择值得信赖的基金经理，希望自己辛苦挣来的钱有一个安心的去处。选择可靠的老公，希望自己付出的真心能够得到回应，从此携手人生。

选择老公还和选择基金经理一样面临一个难题：如何根据现有的"信号"对未来作出判断？有没有"照妖镜"可以穿透伪装，让坏人遁形？南郭先生运气好的时候，可是堂堂皇家乐队的吹竽手；麦道夫在无所遁形之前，可是美国金融界德高望重的前辈专家。

这里，我要跟大家分享一下我在工作中的心得，让众财女们投资、识人一举两得。

对基金经理的评估在专业上被称为"尽职调查",本书附录二是我对某对冲基金投资的评估,可以让大家了解一下"专业金融法医"的做法。再好的网也有网眼,给小鱼以漏网之机;同样,不管多么彻底的尽职调查,也总有可能错过一些细节。但是,把一些基本规则贯彻好,你的尽职调查就可以在绝大多数情况下有一定的成效。

第一条,业绩是很表面的东西,驱动业绩的因素才是关键。如果基金经理的业绩大部分来自于运气(正好碰上水涨船高的牛市或者有意识地跟风),那么再漂亮的数字也不能说明他真正有能力。

基金经理最引人注目的当数他的业绩——回报率多高、在同行中排列第几,这些数据比较直观,很多"基民"就是奔着这些"硬道理"去的。业绩好坏,是判断基金经理能力的第一步,确实不可忽视,但是,我们要注意千万不要被短期业绩迷惑。因为证券投资和经济状况息息相关,而一个经济周期平均在 3~5 年左右,所以一般来讲,应该用过去 3~5 年的平均业绩来筛选。另外,从统计学角度来讲,一两年的时间都太短,任何数据系列在这么短的时间内可靠性都不足。

老公候选人中,外在条件(外貌、风度、收入、财产等)往往是筛选的第一道关。这也是人之常情,无可厚非。假如他邋遢猥琐,纵使胸怀雄才大略,恐怕也没有多少人能接受,因此基本上可以把这一类以"不修边幅"为缺乏自律找借口的人划出去。至于他的身家,住什么房子开什么车等,你可以列为参考条件,但是请不要把它当成"硬指标",唯其是求。

看到基金经理的漂亮业绩，要保持冷静的头脑，追问一下：他是怎样取得这样的业绩的？基金经理取得的回报一般都是由 α 和 β 两部分组成。β 回报是消极的，和大市同步。α 回报则是超额的，即超出于大市回报水平之上的那部分。这一部分回报是真正体现基金经理主动管理成果的，也能体现他真正的投资能力。取得超额回报的途径不外乎有意识地加权某些行业或某种类型的股票，或者准确判断大市高峰低谷。有很多专业软件可以分析基金经理的实际操作，帮助判断基金经理自己给出的解释是否符合事实。[1]

在互联网泡沫期间，许多号称以价值投资哲学指挥投资操作的基金经理都忍不住加入了追逐所谓"新经济企业"的游戏，他们的业绩看起来熠熠生辉，其实是太阳下的肥皂泡。等到泡沫破灭，"裸泳"的他们将会统统暴露。基金经理的这种为了让业绩"好看"而违背与投资人"最初约定"的行为，无异于对配偶的"不忠"。多少投资者只注意到这部分基金经理的漂亮业绩，并且把钱放心地交给了号称自己为价值投资者的他们，"梦醒时分"才觉悟到自己上当了。

对冲基金的真本事

持传统投资策略的基金经理们一般不能卖空股票，

---

[1] 分析基金经理操作，一般都是从基金经理的投资组合内容着手。然而，出于职业保密，很少有基金经理愿意分享自己的投资内容，公募基金的组合也是延后才公开的。因此，有一类软件运用数理统计原理，从投资组合的业绩着手分析基金经理"最有可能"的操作方式。

也不能使用财务杠杆。而对冲基金则可以天马行空，使用各种各样的"手段"。在 2008 年金融危机袭来之前，许多对冲基金的主要策略是抓住市场上暂时性的可乘之机（哪怕非常细微），运用财务杠杆放大收益。但是随着市场流动性的骤然收紧（人人都开始囤积现金，没有人愿意把钱借贷出去），那些本来挺合理的可乘之机突然变成了陷阱。多少明星基金经理惨被拉下马！同时也显露出过去他们的"投资本领"的很大一部分是指他们可以借到最便宜的钱。以至于有人讽刺说，历史上从来没有哪一批人像对冲基金经理们这样以这么有限的个人天分在这么短的时间里发了这么大的财。

除了了解驱动基金经理取得回报的因素之外，回报的波动率——取得这样回报的代价——也是至关重要的。很多时候，基金经理的平均业绩看起来非常高，但是却忽上忽下的，这样的业绩就要大打折扣。道理很简单：一只起始股价为 100 元的股票，跌了 50%，如要再回到原价，它需要涨 100%。因为起落太大，与波动率小的投资相比，你失去了"利滚利"的机会，最终的结果会非常令人失望。回报波动率大，也说明基金经理今天取得的亮丽业绩包含的偶然性比较大，未来的表现很难维持在历史平均值上。因此，风险调整回报率才是真正可比的业绩。

对于老公候选人的那些吸引人的外在条件，应该退后一步，仔细掂量：是什么样的因素促使他取得今天这样的成就？这些因素是偶然出现在他生活里的，还是他自己努力奋斗的成果？他的生活经历和他的价值观是冲突的还是一致的？他有否嘴上说的是一套，实际上做的是另一套？听其言，观其行，然后再下结论。这个"贴士"虽然没什么新意，却是永恒的真理。

"他是真聪明还是真运气"

在选择未来配偶之前，很多女孩子常常设定一些条件，比如"我想要找个海归"或者"我想要找个房地产大亨"之类的。毋庸置疑，媒体上经常有关于此类精英的报道，他们或是拥有高薪职位，或是已经积累了大量物质财富，确实很能吸引人。但是，这种想法有着致命的缺陷：一是"生存者偏见"，二是把运气当成本事。"生存者偏见"指的是人们在判断某个群体的状态时，只看到该群体中目前仍然生存着的那部分成员，而看不到群体中已经被淘汰的那些成员，因此，判断结果往往比真实状态要偏好一些。把运气当成本事比较好理解，明明是风顺船疾，水涨船高，却以为都是船老大的功劳。牛市来了，阿狗阿猫炒股都赚钱，便以为阿狗阿猫都是投资高手。

当你评估某类人成功致富的可能性时，你得考虑到进入这个行当的人的平均成功率，而不是只参考几个少数达到顶峰的人的经历。这是"生存者偏见"给我们的警示。王宝强成功了，可是有多少"北漂族"还在苦苦挣扎？不能因为有个王宝强，就觉得当"北漂族"一定可以成名成功。把这个道理用在"海归"身上，可以破除一下"海归"崇拜。大部分人对于"海归"的认识来自于媒体的报道，而被媒体注意到的大部分"海归"又都是已经有所成就、值得报道的。这就在大部分人的脑海里留下了"海归等于成功"的意识。有意思的是，最近两年来，媒体关于"海归"变"海待"的报道多起来了，越来越多的人不再盲目迷信"海归"。关于"海归"的"生存者偏见"正在得到纠正，这是件好事。而且，我们应该大力提倡对其他"族类"也开展"纠偏"行动，去除先入之见，不迷信任何人，才能保证人民群众的眼睛真正雪亮，让南郭先生们没有混迹之隙。

用拥有多少物质财富来评判一个人是否成功是非常不可靠的，因为这等同于把运气当成本事。以《黑天鹅》一书成名的作者塔勒布在他的另一本书《随机致富的傻瓜》里对此有精彩的论述。塔勒布认为，很多商界人士所谓的成功和猴子随机性地扔梭镖差不多。更让人纳闷的是，最没水平的人反而最有钱的例子比比皆是。然而，这些人压根儿就没意识到运气在他们所谓的成功轨迹上扮演的重要角色，反而自大无比。运气会光顾，运气也会溜掉。一时走运的人，其所谓成功也是暂时的。与此相反，有些表面上看并没有狂赚钱的人其实却是真正的赢家。

塔勒布用两个人的例子来说明这个道理。A君是个清洁工，交了出奇的好运，中了彩票大奖，便搬到一个高尚社区，住进了豪宅。邻居B君是个牙医，一辈子给人钻牙洗牙镶牙。很显然，因为这个职业很枯燥，从牙医学院毕业后即使B君可以无限次数地重新开始他的生活，他的生活轨迹也不会太宽，结果差别不会太大。最佳出路可能是他给纽约住在花园大道上的亿万富翁们处理他们昂贵的牙齿，最差出路可能也就是给住在偏远山区小镇上的穷人们治牙。而A君，假如他也可以无限次数地重新开始他的生活的话，绝大部分的生活轨迹会是当清洁工（老在买彩票的清洁工），而他赢得彩票大奖的可能性只有百万分之一（也就是说，假如他可以重新开始生活100万次，只有一次他可能中大奖）。在评价他们谁更有钱时，绝大部分的人只看到能被观察到的结果，而完全忽略其他可能出现的结果。如果我们把这两个人的可能遇到的生活结果平均一下，谁有更高的概率过上幸福生活？概率不光是关于未来会发生的事情，概率也适用于过去可能发生的事情。这样的思维方式可以让你不会作出脱离现实、片面孤立的判断。

分不清运气与真本事的后果相当严重。塔勒布用一个极端的俄罗斯轮盘赌故事来解释为什么我们应该对"过去可能发生的事情"关注。假设有这么一个古怪的大亨，给你1 000万美元的奖金，让你去玩以下这个游戏：放一把左轮手枪在你的太阳穴旁，手枪有6个弹巢，但是只装了一颗子弹，扣动扳机，如果子弹不响，你就赢得那1 000万美元；如果子弹出膛，你就魂归西天。如果你运气好，碰到扳机扣动的是空弹巢，你就一下子成了千万富翁。你从此会得到众人羡慕，没准还会被你的家人、朋友、邻居当成高攀对象和生活榜样。

虽然另外5种可能发生的事情是无法观察得到的，

但是它们绝对不应该被忽视。首先玩这种游戏，你得有愚勇精神。其次，你要是玩的次数多了，一定会碰上那个装着子弹的弹巢。再有，要是玩这个游戏的人很多的话，我们肯定可以看到几个挣大钱活下来的人，当然，还有一大片墓地。总之，玩这个游戏挣来的 1 000 万美元和勤勤恳恳当牙医挣来的 1 000 万美元不是平等的，用一个人名下钱财的多少衡量他的能力可能是很危险的游戏！

中国的房地产行业催生了不少富翁。他们的成功和他们赶上了中国社会转型、政策不完善、法律有空可钻等时代因素极其相关。中国房地产行业的暴利超出全球平均水平，但这其中有多少是可以归因于从事房地产行业的人聪明才智超人的呢？随着这个行业的日渐成熟，市场的日渐饱和，政策的日渐完善，房地产开发商插个桩就可以吆喝赚钱的时代一去不复返了，你是否应该重新掂量一下，转移目标？

也许你会说，交了好运有什么错吗？如果能被运气垂青，难道我还要拒绝不成？

问题是，在交好运之后讲这种话是一点儿没有错，可是谁能准确预知运气的方向，在运气来临之前卡好位挑对人？正因为我们无法先知先觉，所以我们必须选择成功把握最大的路径。你觉得是聪明能干的人还是纯粹靠天吃饭的人成功的把握更大呢？

著名神经系统学家大卫·马尔说过："研究鸟类如何飞翔，应该研究空气动力学而不是鸟的羽毛。"同样，判断某个人的生存状态，应该研究他所处的环境和他的为人处世，而不是他的外在条件。孔雀的羽毛最美，但要比起飞行能力，孔雀压根就排不上号。全凭运气，钱多人傻，在生存竞争中被淘汰的概率也相当高。

第一条筛选规则讲的是你有可能碰上南郭先生，要分辨他是真聪明还是真运气，不要被短暂的业绩或者肤浅的外在条件迷惑。第二条要提醒大家注意的是，最成功的骗子往往最不像骗子。英语里有句谚语："If it's too good to be true, then it's not true." 翻译过来就是说，要是某样东西好得不真实，那它就是不真实的。

世纪大骗麦道夫，看起来是一个和蔼的小老头。他的业绩非常稳定，每个月都赚得不多，但是每个月都有得赚。他没有营销大军，不打广告，主要靠客户口耳相传——投资他的基金必须要有投资人的介绍。这种方式充分利用了"限量版"的手段，让投资人乖乖进入圈套还感恩戴德，而且因为进入不容易，投资人都不轻易离开，他虚构出来的投资回报——其实是用下家进来的钱还上家——很容易实现。2008 年金融危机全面爆发，许多投资人在别处的投资都跌得很惨，有的还无法赎回，很多人现金流发生问题，只有麦道夫那里的投资仍然为正，便只好忍痛向马多夫提出赎回申请。这扎堆的赎回申请一下就把麦道夫的马脚给暴露了，骗人金字塔轰然倒塌。

这次金融危机暴露的众多骗子里还有一位是被称为"华裔麦道夫"、来自中国台湾、美国加州私人资本管理公司保盛丰集团的彭日成。当我第一次读到关于他的报道时，一个最突出的感觉就是：长得这么帅气、这么阳光的一个人，怎么会是个骗子？从 20

世纪 90 年代初到东窗事发，他的行骗〝业绩〞总共达到 6 亿美元，大部分都是通过台湾本地银行网罗高端客户。他的卖点是非公开发行的高利息固定收益债券，他还声称这些债券的背后都是在美国的现金流充裕的私募股权投资项目。他去台湾推销他的私募债券时，总是入住圆山饭店的总统套房，永远穿着顶尖名牌男装，风度翩翩，身边跟着三五个保镖，一晚上在KTV花掉上万美元都是常事。他号称自己曾经在摩根士丹利任职，谁也没有怀疑，因为他真的一副成功银行家的样子。他拥有 3 架私人飞机，6 辆包括宾利、阿斯顿·马丁、奔驰在内的轿车，在加州豪华社区拥有豪宅，还是赌城拉斯韦加斯的贵宾客户（意味着他经常在那里大把地输钱）。《华尔街日报》接到保盛丰集团两位员工举报，并刊登了一篇长篇报道质疑他的学位和工作经历，这时投资人才如梦初醒。高收益却无风险，事后看起来似乎是不用动脑子就能看穿的诡计。

耐人寻味的是，彭日成案件中，大部分的受害者都是直接投资人，也就是说，他们没有通过专业机构（如大型私人银行）的投资平台进行投资。同时，台湾前三大财富管理银行——中国信托商业银行、台北富邦银行、台新银行在彭日成案中都远离风暴没有被他的魔爪触及，卷入的 6 家银行均是二三流小银行。这和他们走私人关系、〝拉感情〞、〝好处大家分享〞之类台面下的路子有相当大的关系。在做事有程序可循、风险控制机制完整的地方，他们都会碰壁。

麦道夫是犹太裔，他的客户几乎清一色也是犹太裔，〝我是自己人〞这一招非常灵验。我所在的花旗私人银行在纽约长岛地区的客户中，有多位麦道夫受害者。其中有一位曾经拿出他在麦道夫那里的投资业绩炫耀他的"特殊投资渠道"。我们替他作了分析，发现麦道夫的业绩好得不食人间烟火——持续稳定、波动率小、与市场相关性极低，便提醒他这里可能有诈。他将信将疑，撤出了一半资金。等到麦道夫骗行败露，他悲喜交加，哭笑不得。

彭日成则凭借他的阳光形象和豪华排场等"成功者的信号"化解投资人疑虑，再用高报酬率切中人性贪婪面——尤其是他慷慨与代销银行分成。他的"能把雪卖给爱斯基摩人"的交际能力，配上阳光形象，很能赢得那些凭直觉办事的人的信任。一位花旗出身的台北富邦银行企业金融部门高级主管透露，当初保盛丰集团曾两度求见，但提案内容不清不楚，说明时也支支吾吾，只一味强调多家银行已经开始销售。在"不懂不卖（给客户）"的基本常识下，台北富邦银行立即说不，连进下一关审核的机会都没给。

你在生活中肯定遇到过这种完美得不能再完美的人。特别是当你还涉世未深的时候，更加容易被打动。这时，记得放慢一下脚步，听一听局外人的边鼓。同时值得指出的是，一个人的判断力与她的本身素质有相当大的关系。读过万卷书、行过万里路的人，一定有自己的见解，不太容易被表面现象迷惑，而且对于机会的敏感度也要高一些。

当然，讲了这么多择偶的规则，前提还得是他让你心动了。选择与你同行的爱人，不可能全凭理智来进行。假如你的内心深处没有那么点特殊的感觉，完全从利弊角度出发去衡量他，那就成了做交易。

衡量投资产品的非数字指标

随着金融产品的日益多样化，你面临的选择越来越眼花缭乱。除了可以量化的层面如预期回报率、风险波动率、夏普比率[①]、费用等，还有一些非量化的指标也要考虑进去，如：投机成分与投资成分哪个多？投资策略是简单明了还是难以琢磨？向你推销的人具有的是专业背景还是商业背景？你是否感到被"推销"多于被"服务"？

幸福财女智慧

· 真正的天才是少数，能够在天才成才之前就发现天才的更是少之又少。所以你的最佳策略应该是寻找最合适自己的，而不是完美的他。

· "有钱"的状态多种多样，而且过去的业绩不代表未来。

· 骗子的花样万变不离其宗——利用人性的弱点，贪图利益，迷恋表面虚荣等。

· 介于骗子和真正天才之间的是那些运气好的家伙。

· 应用专业知识和生活常识对能力和可信度进行判断，才能提高找到"Mr.Right"，减少后悔失望的可能性。

[①] 夏普比率，又称夏普指数，是一种基金绩效评价标准化指标。——编者注

第八章

女人的源头活水——事业

尽管石油是我们这个世界不可缺少的关键资源，但这个地区尚待开发的创造力却是一种更珍贵的资源。在新世纪，最先进的社会将是最具创新能力的。创新激发想象，扩大就业机会，提高我们的生活质量；它既清洁又具有很高价值。最重要的是，因为它植根于人的大脑，所以永不穷尽。

——新闻集团董事长　默多克

如果你寄希望于钱能让你获得保障，你将永远无法获得保障。一个人在这个世界上的唯一保障是拥有知识、生活经验和个人能力。

——美国福特汽车公司创始人　亨利·福特

幸福属于自足的人。

——古希腊哲学家　亚里士多德

"问渠哪得清如许，为有源头活水来。"对于财女来说，"源头活水"就是自己的人力资产。

人力资产主要指你的挣钱能力。一般来讲，这跟你的职业相关性最大——对绝大多数"凡人"而言，一辈子的最大收入来源是他们从事某种职业得到的报酬，未来工资收入是人力资产的核心。也就是说，你的事业在你的资产负债表上占据重要位置。

你的事业是你自己最有控制权的资产。有形资产的收益很大部分取决于市场波动和经济周期。股票牛市里，你的证券投资也会水涨船高；熊市来了，你的证券投资也跟着下跌。经济景气的时候，房地产欣欣向荣；经济不景气的时候，房地产也难逃其劫。其他的经济来源如父母的遗产、老公的身家、朋友的帮助等，于你归根到底都是"身外之物"，固然你可以得到"滋润"，然而开关水龙头的决定权并不在你的手里。而你，可以决定你想要什么样的事业成就，不出意外的话，你的人力资产规模是和你的努力成正比的——这就是"活"的真正含义。

从管理人生投资组合的角度来讲，人力资产和有形资产配置恰当，才能让你的人生资产负债表基础稳固。单身的你，尤其需要自己给自己打好桩，人力资产就是你人生大厦的奠基石。享受着幸福婚姻的你，两人世界也需要共同贡献，互相扶持，更好地抵御不测风云。要是你不幸遇人不淑，你重新出发时的资本很可能只有你自己，人力资产的重要性就更加凸显。

百年一遇的金融危机后，当今世界纸钞泛滥，再加上资源紧缺，通货膨胀这个恶魔随时都有可能趁机肆虐。什么样的资产是抵御通货膨胀的最佳选择？人的创造力！经济动荡的同时，世界格局正在改变，西方国家百年霸权正在显现出疲态，新兴国家尚未站稳脚跟，文化和思想意识的冲突日益加剧，我们这一代人面临的绝对不是太平盛世，而是巨大的未知数。不管是什么样的有形资产，都有可能受到外力的毁灭性打击。而你的人力资产却无此之虞。"留得青山在，不怕没柴烧"，你的个人智慧和能力是你的核心保障，无论顺流逆流，狂风暴雨，都不会消逝。

最后，对财女而言，一份能够发挥自己热量的事业是提高生活质量的催化剂。这不光是指挣了更多钱可以买得起奢侈品、享受得起高档服务，这些物质的东西为你的生活质量所能作的贡献非常有限。有事业的财女，是社会有建设性的一员——而不是寄生虫、附属品，因此可以得到他人的认同。这一点非常重要，因为人的本质是社会的动物，人需要有伴，有族群认同，有精神交流，才会觉得安全、充实和开心。同时，有事业的财女，生活圈子广，眼界宽阔，阅人处世有数，人际关系网络越来越发达（千挑万选的机会自然也多了），于是乎锦上添花，个人人力资产的发展进入良性循环。

别忘了，"财"="财"+"才"。让我们来聚集财女的"才"吧！

人力资产到底值多少钱?

　　公司估值，仁者见仁，智者见智。不过最常用的一种方法叫做"类似公司定价法"，就是把与该公司处在同一行业或者从事类似业务的公司的定价作为参考，再结合分析师本人对该公司的定性分析，从而作出比较可信的判断。

　　让我们来借用一下这个办法，认识一下人力资产到底值多少钱。

　　假如你觉得"人力资产"这个名词太抽象，难以琢磨，难以度量，那么请看一个现实生活中的例子——美国政府对"9·11"事件受难者家属的补偿。其实，保险公司精算师们整天都在计算投保人的价值，只不过保险公司不会公开精算结果而已。"9·11"补偿基金好就好在非常透明，给我们提供了难能可贵的如何为人力资产估值的信息。

　　"9·11"事件发生后，保险公司纷纷哭穷，说这该算遇上了极端灾难，如果全部由保险公司理赔的话，保险业家底就会都赔光，全行业就都完蛋了。在保险公司的强大游说下，再加上充满同情的公众舆论的压力，美国政府破天荒地同意由政府出钱补偿受难者家属。但是怎么补偿呢？遇难的 2 000 多人中，有的是社会最底层的餐饮服务人员、清洁工、门卫，有的是勉强维持营生的小店主，有的是高高在上、"宇宙的主人"华尔街精英分子。是所有人都平等对待，拿一样多的补偿款呢，还是分别对待，有多有少？最后为了降低诉讼成本，减少受害者家属不接受补偿裁决而起诉（包括政府、航空公司、世贸中心产权所有人在内）的可能性，补偿基金选择了"分别对待"。

补偿金额意味着受害者的生命值多少钱，如何计算才能既不损害社会公平，又让受害者家属心服口服？

在"9·11"补偿基金的负责人、著名律师肯尼斯·范伯格率领下，最后 97% 的受害者家属接受了补偿数额，同意不再另寻法律途径。"9·11"补偿基金最后总共批准了 5 000 多起索赔请求，发放了 70 亿美元的补偿金，平均每个受害者补偿 200 万美元，最低的是 30 万美元，最高的是 470 多万美元。那么肯尼斯·范伯格是按照什么标准来计算出这些被大部分受害者家属认为还是比较公正的数字的呢？

第一，确立受害者的年龄和最近三年的收入，但是以美国所有纳税人中排顶尖 3% 的收入水平封顶（2002 年这个数字是 231 000 美元）。也就是说，即使受害者生前的收入在纳税人中排顶尖 2% 或者 1%，也按下一个百分比等级人群的收入水平计算。这样就去掉了"最高分"。

第二，去掉按受害者收入水平计算应该缴纳的税金。

第三，加上受害者雇主提供的养老金以及健康保险等福利折算的金额。假如受害者生前没有享受这些福利，这笔金额按照受害者年收入的 4% 计算。

第四，确定受害者的预期剩余工作年限。这个数字主要取决于人口平均值。

第五，确定受害者可能取得的年收入增长率。这个数字在现实生活中受教育水平因素影响最大，也就是说，受教育程度越高，年收入增长率越高。其次是年龄因素。大部分人年轻时收入增长率比较高，到了一定年纪（52岁）后，达到顶峰，基本就不再增长。但是为了公平，采用了全体人口的平均年收入增长率。

第六，扣除失业风险以及行业收入不稳定性对收入的影响。因为现代社会里"终生铁饭碗"是不现实的，几乎所有职业都存在失业风险，只是风险程度不同而已。有的职业和经济周期挂钩紧密，时好时坏。扣除额度固定在3%，主要也是为了公平起见。

第七，扣除受害者可能需要的家庭开支，开支项目包括食品、服装、交通、娱乐、个人用品、住房、教育等。

最后，把按照以上步骤得出的受害者可能获得的未来年收入以某个折扣利率计算其现在值，就是最后的补偿金额。折扣利率反映了钱具有时间价值，也就是说，今天拿到手的现金比未来拿到的同样数目的现金要更值钱。"现在值"则可以理解为假如一位35岁的受害者还活着，给他（她）这么一笔钱，放进银行里，按折扣利率滚利，直到他（她）60岁退休时拿出来，他（她）得到的总收益等同于他（她）从35岁一直工作到60岁所得到的总收入。

最高补偿额470多万美元给了哪些人呢？受害时年龄为25周岁以下、年薪12.5万美元以上、已婚、有两个以上尚不满9岁子女的受害者。最低的30万美元则给了受害时年龄为45岁以上、年薪3.5万美元以下、单身无家属的受害者。

表8-1 "9·11"受害者赔偿金额表（部分）（单身无家属）

年收入（美元）								
年龄	10 000	20 000	25 000	30 000	35 000	40 000	45 000	50 000	60 000
25	383 953	502 525	565 791	643 072	751 528	877 423	963 377	1 051 593	1 214 526
30	348 755	436 170	482 811	539 785	619 743	712 557	775 925	840 861	961 080
35	325 946	393 171	429 040	472 854	534 344	605 721	654 453	704 468	796 844
40	310 562	364 169	392 772	427 712	476 746	533 664	572 525	612 408	686 071
45	300 000	337 221	359 073	385 766	423 226	466 709	496 398	526 867	583 144
50	300 000	315 111	331 423	351 349	379 313	411 774	433 936	456 681	498 692
55	300 000	300 000	308 408	322 702	342 761	366 047	381 945	398 261	428 396
60	300 000	300 000	300 000	300 000	312 200	327 813	338 473	349 414	369 621
65	300 000	300 000	300 000	300 000	300 000	302 076	309 211	316 533	330 056

年收入（美元）								
年龄	70 000	80 000	90 000	100 000	125 000	150 000	175 000	200 000	225 000
25	1 376 302	1 751 060	2 107 059	2 281 192	2 669 889	2 669 889	2 669 889	2 669 889	2 669 889
30	1 080 347	1 356 630	1 619 085	1 747 461	2 034 021	2 344 344	2 643 787	2 643 787	2 643 787
35	888 564	1 101 035	1 302 871	1 401 596	1 621 971	1 860 619	2 090 900	2 311 844	2 523 762
40	759 212	928 644	1 089 594	1 168 322	1 344 055	1 534 361	1 717 995	1 894 184	2 063 174
45	639 020	768 460	891 421	951 566	1 085 821	1 231 208	1 371 498	1 506 100	1 635 203
50	540 404	637 031	728 821	773 719	873 940	982 472	1 087 198	1 187 679	1 284 054
55	458 318	527 632	593 477	625 684	697 577	775 431	850 555	922 634	991 768
60	389 685	436 162	480 314	501 910	550 116	602 320	652 693	701 025	747 381
65	343 484	374 589	404 137	418 590	450 852	485 789	519 501	551 847	582 871

资料来源：《美国"9·11"赔偿基金报告》。

表 8-2 "9·11"受害者赔偿金额表（部分）
（已婚、有两个以上尚不满 9 岁子女）

年龄	年收入（美元）								
	10 000	20 000	25 000	30 000	35 000	40 000	45 000	50 000	60 000
25	987 184	1 332 626	1 500 699	1 653 341	1 820 980	2 003 481	2 193 816	2 387 691	2 717 316
30	879 869	1 138 985	1 264 092	1 378 746	1 502 787	1 637 524	1 777 449	1 919 542	2 164 696
35	209 426	1 012 066	1 109 191	1 198 974	1 294 714	1 398 482	1 505 791	1 614 433	1 804 594
40	762 200	926 921	1 005 217	1 078 306	1 154 971	1 237 855	1 323 149	1 409 194	1 562 345
45	715 430	843 187	903 549	960 314	1 019 113	1 082 555	1 147 567	1 212 962	1 330 919
50	674 889	771 012	816 335	859 097	903 136	950 611	999 116	1 047 834	1 136 315
55	640 846	710 478	743 227	774 251	805 974	840 132	874 905	909 761	973 617
60	610 916	657 606	679 565	700 368	721 640	744 544	767 860	791 232	834 050
65	590 768	622 015	636 711	650 634	664 869	680 198	695 802	711 444	740 100
年龄	年收入（美元）								
	70 000	80 000	90 000	100 000	125 000	150 000	175 000	200 000	225 000
25	3 031 953	3 409 264	3 768 094	4 069 849	4 743 421	4 743 421	4 743 421	4 743 421	4 743 421
30	2 398 540	2 675 128	2 938 411	3 162 368	3 662 281	4 203 281	4 726 035	4 726 035	4 726 035
35	1 985 860	2 197 369	2 398 889	2 572 255	2 959 242	3 378 319	3 782 703	4 170 692	4 542 828
40	1 708 218	1 875 771	2 035 584	2 174 885	2 485 829	2 822 558	3 147 481	3 459 231	3 758 243
45	1 443 201	1 570 526	1 692 085	1 799 176	2 038 224	2 297 093	2 546 887	2 786 554	3 016 428
50	1 220 508	1 315 291	1 405 843	1 486 093	1 665 228	1 859 217	2 046 404	2 226 003	2 398 263
55	1 034 350	1 102 101	1 166 885	1 224 729	1 353 848	1 493 673	1 628 597	1 758 050	1 882 214
60	874 774	920 203	963 643	1 002 429	1 089 008	1 182 766	1 273 237	1 360 040	1 443 296
65	767 354	797 758	826 829	852 787	910 730	973 477	1 034 024	1 092 117	1 147 836

资料来源：《美国"9·11"赔偿基金报告》。

斯人已去，对于受害者家属来说，这些金钱永远也不可能完全等同亲人在他们心目中的价值。但是，这些钱还是比较客观地反映了"挣钱能力"这个相对比较容易定量的因素。从高达97%的接受补偿程度可以看出，撇除感情因素，家属们还是比较认可这种估值方式的。

这些数字对我们这些局外人也有很大的启发意义。我们的双手和大脑是我们创造财富的最有效工具。把你自己放进这些表格中，看一看你的潜在人力资产估值（这就好像股票分析师在给某只股票定价时，参考类似公司股票的估值范围）。数字是否很让你吃惊？其他的收入来源与人力资产相比，是否突然变得相当有限？

人力资产在你的人生投资组合中的比重最大，你把眼光放在其他地方（比如钓金龟婿之类），不是本末倒置吗？你也许会说，我把眼光放在其他地方，人力资产在我人生投资组合中比重不就变小了吗？可是，人力资产的特点——你摆脱不了你自己——决定了它的比重绝对值不会变小，但是如果你不注重培养自己的能力，等于你不看好自己，在"卖空"自己，它可能会变成负值（想象一下漏水的竹篮子）。

人力资产的潜力很大程度上取决于你的努力——它在你的人生投资组合里可能成为"摇钱树"，也可能成为"竹篮子"，由你决定。

"你和他的组合"需要分散风险

　　如果你已经找到了灵魂伴侣，恭喜你！从此后，在人生的道路上，你们将携手共行，相濡以沫，同甘共苦，白头偕老。

　　但是你想过吗，搁浅的鱼，奄奄一息，分享着可怜的几滴水，固然感人，却是多么痛苦的一幕！假如情景换成"一条鱼搁浅了，另一条鱼把它救起，然后一起重新回归江河大海"，不是更加美满，更加值得提倡吗？

　　两个人共建人生，除了爱情信念外，还应该付出实际行动。而实际行动不仅仅是对你的他送上关怀，为他准备热菜热饭，当好贤妻良母——这些还是不能降低你们俩都沦落为搁浅的鱼（虽然是相亲相爱的搁浅的鱼）的可能性。实际行动还应该包括经营你的人力资产，为你和他的组合分散风险。

　　现代社会竞争激烈，铁饭碗已经彻底成为历史。你的他也许现在拥有令人羡慕的好工作，处在一个热门的行业，所在的公司也欣欣向荣，他是你们家的主要收入来源，你和他的组合全靠他支撑。你们男主外，女主内，小日子平静美好。可是，世界上唯一不变的是变化。好公司会衰败，热门行业会变成夕阳产业，好工作好职位会不保，你的他有可能不适应新形势……即使天不塌下来，你们的小家也会饱受风雨。如果你和他都有各自的事业，都有一份收入，两人一边一个都划着桨，同舟共济，小家庭这艘船才能经得住风浪。

你和他的组合——抛硬币试验

其实，这就像抛硬币。抛一枚硬币，假定反面是我们不希望得到的"坏结果"，每抛一次，你得到"坏结果"（反面）的概率是50%。现在我们抛两枚硬币，两枚硬币都是反面的概率就是50%×50%等于25%。为什么两枚硬币都是反面的概率比一枚硬币是反面的概率要低呢？这就是分散风险机制在起作用。抛两枚硬币的预期收益也会较抛一枚硬币的收益高。

假定抛到正面，你可以拿到1元钱，抛到反面，你被扣掉0.5元钱。第一种情况，你只有一枚硬币可抛，那么你的预期收益是0.25元（50%正面概率×￥1正面收入+50%负面概率×（-￥0.5反面扣钱）=￥0.25）。第二种情况，你可以同时抛两枚硬币，你同时抛到正面与同时抛到反面的概率都是25%，而你一枚抛到正面，一枚抛到反面的概率是50%。同时抛到正面，你就可以拿到2元钱。同时抛到反面，你就被扣掉1元钱。一正一反，你就可以净拿0.5元钱。这样，你抛两枚硬币的预期收益就是0.5元（25%×￥2+25%×（-￥1）+50%×￥1=￥0.5）。

同时，现代社会对智力情商的回报远远高于对体力劳动的回报。知识女性的事业天地越来越广阔，在很多岗位上女性的数量（特别是靠业绩取胜而不是靠裙带关系的地方）都超过了男性。《纽约时报》就报道过，目前在印度，20%的大型金融机构的CEO（包括华尔街各大银行在印度分行的总负责人）是女性，印度中央银行副行长级别的高级管理层中50%是女性。主要原因是印度的金融行业是在近20多年来刚刚发展起来的，不像其他传统行业或者政府部门已经被男性占据，而且金融行业的业绩好坏很明显——公司财务的底线是增还是减。我注意到中国《福布斯》富豪榜上的女性上榜人，绝大多数都是自己奋斗成功的，而在西方发达国家中，《福布斯》富豪榜上的女性则绝大多数都继承了巨额遗产。

你的态度会影响事情的结果，"中庸"态度只能给你带来"中不溜"的结果。所以不要把自己"自然"地放在后排，而要相信自己的潜能，相信天时地利和自己。也不要怕自己太出色，吓跑了他。如果他不能接受你比他耀眼的事实，那他未必就是你的真命天子。养家的军功章，有他的一半，也应该有你的一半。

不要浪费你自己

"假如雷曼兄弟公司是雷曼姐妹公司的话，我们还会陷入如今这么一个泥沼吗？"《纽约时报》专栏作家尼古拉斯·克里斯托夫问道。在他看来，华尔街公司高层会议就像泌尿科候诊室——几乎清一色男性。他认为只有男性主宰决策过程，没有融入不同的观点，将导致灾难性的后果。

克里斯托夫列举了一些行为研究的结果来说明。例如，有一项研究把华尔街交易员每天早晨的雄性激素水平和他们每天的交易结果对照观察，发现两者的正相关性很高。也就是说，早晨雄性激素水平高的交易员比较能赚钱。但是，当雄性激素水平高过某个程度后，交易亏损的可能性就大大增加了，因为过于激进的情绪倾向会对交易员的理性判断能力产生负面影响。另外一项研究把参加实验的男性放在同一间屋子里，让他们针对某个金融产品下赌注。结果发现每个人都非常受同屋其他人的影响，而且在面临压力时，都不同程度地变得更加激进，下的赌注也越来越高。

除了这些直接分析男性经济决策模式的研究之外，还有其他领域里的研究也间接地说明女性参与决策的积极效应。耶鲁大学的格兰特·米勒教授分析了美国各个州在给予妇女选举权前后的公共政策，发现政客们的行为发生了很大变化。例如，他们拨给与公共健康有关的预算平均增加了35%。在全国范围内实现妇女有普选权后，美国的婴儿死亡率急剧下降。这和政客为了迎合妇女选民的诉求增加公共健康开支、推行类似公益政策有直接的关系。

在冰岛，有一个例子也特别能说明问题。冰岛Audur Capital投资公司两位女性创始人之一的Halla Tómasdóttir主张，"把女性的方式带到金融中去"。她的投资策略非常保守，迄今她的回报率是个位数，并不高。

但是和在 2008 年冰岛金融危机中全面破产的冰岛政府相比，她这样的成绩简直就是奇迹。

克里斯托夫建议那些拿了政府巨额资助的华尔街银行们，如果想要避免"走火入魔"式的决策悲剧再度上演，不妨考虑吸收一下女性的智慧。

不要浪费你自己，小家庭的幸福也需要你的智慧。

除了抵御平时的经济风浪之外，你的人力资产还是你的"灾难保险"①。

现代社会具有复杂的社会结构和经济体制，以及先进的科学技术手段，为人类提供了丰富的物质条件、崭新的机会和空间。然而，在现代社会的种种优势背后，也隐含着许许多多的弊病和陷阱。之前我们讨论过"黑天鹅"，可以说，在人类历史初期，"黑天鹅"多数时候与天灾——大旱、洪水、瘟疫、地震——相关。近年来，"黑天鹅"出现的频率增加，与人为因素有很大关系。现代社会的复杂系统使得曾经"天高皇帝远"的地方也可以成为制造系统性风险的源泉，风险来自你想象不到的地方，以你想象不到的形式发威，越来越防不胜防。

不错，"黑天鹅"之前人人平等，不管你和他的收入相差多少，但是，"黑天鹅"事件发生并不意味着你只能听天由命。重要的是你能否"幸存"，而不是从此"绝迹"；重要的是你能否东山再起，而不是"刀枪不入"。有一份收入并不是最终目标。你的最终目标

---

①　"灾难保险"中的"灾难"在保险业术语中指的是异常严重的自然或者人为灾害。美国目前关于这种灾害的定义标准是造成破坏超过 2 500 万美元，以及涉及相当数量的保险购买人和保险公司。

是通过工作磨砺自己的竞争能力，提高自己人力资产的挣钱能力。收入可以被暂时打断，你的竞争力却是谁也夺不走的，幸存于"黑天鹅"之后，可以找到新的渠道发挥竞争力。是金子，永远不怕水火。是金子，总会发光的。

"士为知己者死，女为悦己者容。"假如再加上"女为悦己者立业"，我想你和你的他一定是人人羡慕的神仙眷侣。反过来讲，两条一起搁浅的鱼只会引人同情而已。

世界越来越复杂

美国互联网上流行这样一个"段子"。

毕达哥拉斯定理（等于中国的勾股定理）：24 个单词

睡前祷告语：66 个单词

阿基米德定理：67 个单词

《圣经》十诫：179 个单词

林肯的葛底斯堡演说：286 个单词

美国《独立宣言》：1 300 个单词

美国政府关于圆白菜的法律：26 910 个单词

我想我再也找不出比这个更生动的例子来说明我们这个世界的"进步"了！

拥有自己的事业

——多一条快乐通道

在〝妇女能顶半边天〞的教导下长大的我，刚来美国的时候接触到〝unhappy housewife〞（不幸福主妇）这个观念时，着实没法理解。在我看来，整天不用上班，待在家里（美国人的家都很大很漂亮），不用为生计奔波，显然是资本主义优越性的体现，家庭主妇们应该很舒服很满足才是。以前我还经常跟还在念研究生的老公开玩笑说，什么时候你挣大钱了，让我也做做整天〝闲庭信步〞的家庭主妇吧。

后来有一次和一个美国同学聊天，她发现我竟然没有听说过贝蒂·弗里丹的书《女性的奥秘》，吃惊地盯着我半天，眼神好像在说：〝你是个受过高等教育的女人吗？〞此书于 1963 年出版，被广泛认为是 20 世纪最有影响力的书之一，引发了 20 世纪妇女争取选举权的运动。《纽约时报》在 2006 年 2 月 5 日为弗里丹刊登的讣告中写道：〝很少有一本书能够单枪匹马催生这么广大、剧烈又持续很久的社会变化。〞

我在这里提到这本书，并不是为了倡导女权主义。新中国改变传统中国旧观念最彻底的一条就是把女人从贤妻良母的单一角色中解放了出来。我们这一代女人几乎都没有"结了婚就待在家里做全职太太"的观念。这本书对现代中国财女们的意义在于它一针见血地指出了"那个地方我们待过了，那种状态我们经历过了（been there,done that），不好玩（no fun）！"

在这本书中，弗里丹打破了"第二次世界大战"以后美国社会的流行观念，那就是中产阶级女性非常满足于贤妻良母的角色，在郊外大房子里过着快乐平静的生活。（是不是和"嫁得好"派有点像？）弗里丹在进行了一番调查后发现，中产阶级家庭主妇们（很多都是大学毕业）因为与现实世界脱离，自我身份虚化，导致生活无聊空虚，没有目标，内心充满了"一种无名的、令人钻心痛的不满足感"，"感到像掉进了陷阱里出不来"。弗里丹把这个问题称为"一个没有确切名字的问题"。这些全职家庭主妇们整天围着锅台、丈夫和孩子转，这样的生活在弗里丹的眼里和动物的生活没什么两样："给起居室吸尘——不管你是否化着妆——可不是一种需要很多思想和精力、挑战女性所有能力的工作……多少世纪以来，人类清楚他们与动物的最大区别在于他们的大脑可以思考，有远见，并且影响未来，使之朝自己想要的方向发展。"

《复制娇妻》

《复制娇妻》是美国作家埃拉·雷文于1972年出版的惊悚小说（2004年被第二度搬上银幕，由妮可·基德曼主演），讲的是纽约郊区新英格兰地区高收入小镇斯戴弗上的丈夫们把原来有个性有独立思想的妻子们杀死后改装成听话的机器人。这个书名后来成为了美国文化中一个标杆性的词汇，专门指没有自己头脑和感情、一切以丈夫为中心、只知道迎合丈夫的芭比娃娃式的妻子形象。

弗里丹的书出版后，评论家们有褒有贬，但是大多温吞吞，没把它太当回事儿。然而，读者的反应却出乎所有人意料——书中描写的把女性局限于"美满幸福的家庭生活"这样的"迷思"在女性读者中引起了广泛而巨大的共鸣，该书立刻登上了《纽约时报》畅销书榜之首。弗里丹意识到这个社会问题已经严重到光靠写书无法解决的程度。于是，她在 1966 年发起成立了"全国妇女联盟（National Organization for Women，NOW）"，开始率领女性走上街头，正式把两性平等推上政治日程。

虽然弗里丹对把女性局限于"美满幸福的家庭生活"的社会主流观念发起了振聋发聩的挑战，号召女性放下吸尘器，投入社会，争取个人成就，创造思想，但是她并不像后来的"激进女权分子"那样以所有男人为敌。她的理想世界是男女平等，女人可以同时追求事业、爱情和家庭。她接受采访时说："有人觉得我说的是：'全世界妇女们联合起来，你们失去的只有男人。'①那不对。你们失去的只有吸尘器。"她的政治诉求是要求立法给妇女提供带薪产假、给有孩子的家庭提供税务优惠、赋予妇女决定是否流产的权利。

可以说，等到我 1992 年来到美国的时候，美国女性地位已经得到大大提高，弗里丹当年提出的诉求都已经写进了法律。美国已经出现了历史上第一位女性最高法院大法官、女性宇航员等具

---

① 贝蒂·弗里丹的批评者们显然想把她归类于左派激进分子，这句话模仿的是《共产党宣言》中的话。原文是：无产者在这个革命中失去的只是锁链，他们获得的将是整个世界。全世界无产者，联合起来！

有开创性意义的人物，同时女性在其他领域也都取得了很大进步。2009 年 10 月，美国女性首次在就业数量上超过了男性。

当今中国却大有逆流历史的趋势，"妇女能顶半边天"的豪言壮语已快要在公众领域中变成"古代汉语"，女性退回厅堂厨房的风气越来越浓。例如，很多女大学生的首要目标是"嫁得好"，对自己的学业以及未来的职业生涯根本不重视。很多女性把"全职太太"当成一种地位象征，已经成为"全职太太"的以此为荣，还没有成为"全职太太"的则孜孜以求。

在美国，近年来"选择性退出"也成为一个富有争议的新问题。自 20 世纪 60 年代以来，美国在职母亲人数一直在上升，可是从 90 年代末期开始小幅下降。2005 年 9 月份《纽约时报》刊登了一篇关于几位常春藤盟校毕业的"精英"女性自愿退出职场，回到家中成为全职太太的报道，引起了强烈反响。一方的观点是女性主义应该专注于给女性选择进退的自由，而不是强调男女绝对平等。另一方的观点是这些选择退出的女性绝大部分是家庭经济条件较好的白人女性，她们享受着一般人无法享受的社会经济特权，她们的行为"背叛"了女性主义理想，不利于广大女性继续争取平权①，不应该鼓励。

我发现最中肯的评论来自美国布兰德斯大学教授琳达·赫西曼。她认为这些所谓的"自由选择"其实也是女性不自觉地在"男主外，女主内"的文化传统影响下作出的选择——要不然为什么总是女性辞职回家做家庭主妇，而不是男性呢？她号召女性应该"培养自己的能力，以胜任优质的工作岗位，认真地对待工作，结

---

① 平权即主体地位相互平等，双方之间不存在权力方面的服从关系。——编者注

婚时别让自己位于一个资源较差的处境"。她说："对人类来说，好的生活应该囊括三个方面：传统意义上的人尽其能，自由主义意义上的自主决定，以及功利主义意义上的做对世界有益而不是有害的事情。"

社会在进步，弗里丹描述的被局限于家庭之中、不能尽其能的女性所面临的处境，已经在越来越多的地方成为历史。然而，"自由选择"却让许多女性陷入了新的迷思。不错，每个人的幸福标准不一样，很难下结论说哪一种生活轨道是对的，是可以保证你幸福的。然而，在金融市场上，期权行使日期固定的欧洲式期权比行使日期不固定的美式期权定价低，因为行使日期的灵活性意味着主动权掌握在期权拥有人手中，而这个主动权的价值是非常可观的。放弃建立自己的事业，走"全职太太"道路，固然并不排除你可以获得幸福生活的可能性，然而这个选择最大的缺点是行使生活期权的主动权的缺失，因为你的一切都取决于你的老公是否能够坚持他对你的承诺。眼前看似"自由"的选择，其实是把自己不知不觉地逼入了将来没有退路的境地！

有人也许要说，我的工作很无聊，或者我工作压力很大，我并没有因为上班挣钱而快乐。这里我想指出两点。第一，有自己的事业和做一份工作不是一回事。做一份工作，拿着固定薪水，那只能叫做打工。事业是让你有目标，让你每天醒来都满怀期待，让你有成就感的那种工作，最理想的境界是你的工作和你的个人爱好完全一致。对于绝大部分的人来说，这是不现实的，多数情况下，你的工作处于"被生活所迫"和"自己想干什么就干什么"之间。拥有成功的事业，需要你有意识地努力和积累。这个过程本身充满了挑战，克服挑战你就能有所收获。随着你在工作这条道路上的不断前进，你的个人能力越来越得到磨炼，从一开始你每天处理解决琐碎的问题，成果很不起眼，到你有信心接手越来越复杂的任务，你的责任也越来越大，这个时候你的事业就已经起飞了。

第二，挣钱多的工作并不一定是值得你追求的事业。你的价值和你的成就不需要用挣钱多少来衡量。假如你选择职业的唯一标准是收入，你其实是在让别人替你作决定，让流行观点冲淡了自己的判断力，你从工作中得到个人身心满足、感受到快乐的可能性就不会高。你也许需要一段时间才会找到自己最喜爱的工作，这个过程中你可能会经历很多挫折，即所谓"成长的烦恼"，这是很正常的。正如发明家爱迪生说的，实验失败 1 000 次，你并不是一无所获，你知道了这 1 000 种办法是行不通的。只要你不断尝试，不断总结，你会找到最适合自己的空间。从收入多少出发挑选职业，很多时候你会掉进一个看在钱的份儿上无法摆脱的陷阱。从自己的体验出发探索，很多时候生活对你的酬答会让你惊喜。

幸福感的决定因素

研究调查表明，幸福感的最大决定因素是你所不能控制的，就是你的基因（你的天性是否乐观）。一般来讲，这个因素占幸福感的 25%~40%。

其余的因素你都可以掌控，但是它们的影响力因人而异。它们包括如下内容：

婚姻关系：与你共同生活的配偶是你生命中的关键人物。

生活方式：你是否对自己日常生活的节奏、结构和程序感到满意和舒适。

自信心：对自己有信心的人大多热爱自己的生活，幸福感较强。

财务：口袋里钱多一点，你就能多支付得起一点生活中的奢侈需要，但是钱的作用呈边际递减趋势，也就是说，物质享受达到一定程度后，多一点钱就不再多带来幸福感。

工作：有稳定工作的人，没有后顾之忧。另外，工作可以增加你的自信心和成就感；工作中发展起来的人际关系可以丰富你的生活圈子（更多朋友，或者更多配偶候选人）。

友情：好东西与好朋友分享，快乐可以加倍。

健康：没有健康，其他都是空的。

总之，幸福不是你可以花钱买来，然后存放在那里的东西。幸福是你的生活进行过程的产物。你如果和自己周边的人相处得很好，喜欢自己的工作，有着丰富的业余生活，你肯定会充满幸福感。钱在其中起着一定的作用，但是非常有限。

美国著名诗人奥格登·纳什这么说过："如果你不想工作，你得先工作挣够让你不用再工作的钱！"拥有独立经济来源，拥有能够创造独立经济来源的个人人力资产，女性才能拥有独立人格，拥有生活幸福期权的主动行使权。在培育自己人力资产、建立自己事业的过程中，女性有付出，也有收获，因而也多了一条快乐通道。通过别人而活着，女性完全付出自我，只接受赠予，并没有收获，因而也就埋下了未知的隐患。

什么样的钻石最好

《大都市》杂志前任主编海伦·格莉·布朗与贝蒂·弗里丹同处一个时代。1962年，她先推出了一本畅销书，题为《性与单身女郎》(*Sex and the Single Girl*)（后来麦当娜的歌曲《物质女孩》以及红遍全球的电视剧《欲望都市》就是得到该书的嫡传），出版3周之内，狂卖了200万册。这本书旨在给单身女郎提供生活指南，主要是如何吸引异性，享受性生活，从而让自己的单身生活丰富多彩。她的名言是："好女孩上天堂，坏女孩走四方。"

海伦与弗里丹的生活轨迹完全不同。前者出身贫苦，没有上过大学，从小秘书开始做起，一路上除了工作勤奋之外，也颇为艺术地让身边的男人们给了她机会；后者毕业于著名的贵族女子院校史密斯女子学院，一直过着非常严肃的知识女性生活，离婚后全身心投入妇女平权运动，再也没有结婚。她们俩的生活哲学也是截然相反的。海伦认为谈情说爱可以让女人获得快乐的生活真谛，专门告诉女性如何吸引异性；弗里丹认为女人应该摆脱成为男人附属品和性对象的狭隘角色，呐喊女人快转身走出家门。然而，海伦竟然也赞成"独立的女性更加有吸引力"！

海伦认为，她当初吸引未婚夫大卫·布朗[①]的主要原因是她有自己的事业和特立独行的性格，而不是她有

[①] 著名好莱坞制片人，制作过多部极其卖座的电影，最出名的是由斯皮尔伯格导演的《大白鲨》。

多漂亮。她奉劝年轻姑娘们，假如想要吸引一个优秀的男人给自己提供生活来源，首先自己要有给自己提供生活来源的能力。性生活的独立自主和满足是与女人事业的独立自主分不开的。"就算你是单身，你仍然可以享受性，你的生活仍然可以过得很棒。要是你结婚了，可别什么都靠着那个男人或者只做个贤妻良母。不要利用男人来得到你想从生活中得到的东西——你应该自己去争取。"她在书中这样写道。

有记者采访海伦时问海伦是如何看待"钻石是女孩最好的朋友"这种观念的。她回答说："你可以嫁给有钱人从而得到大颗钻石，你也可以嫁给穷小子从而只得到小颗钻石，但是最好的钻石还是你自己买给自己的。"

海伦37岁那年遇到大卫·布朗，成功打败众多好莱坞美女，把自己嫁给这位金牌制作人。如今，他们已经一起度过了金婚纪念日，而且从来没有婚外情和绯闻的困扰。所以，你买不买海伦的账呢？

幸福财女智慧

- 不要忽视就在你身边的最大财富——你自己。
- 不要浪费你自己。
- 拥有自己的天地和事业，你才拥有不竭的幸福源泉。

第九章

比较女人学

因为不知道黎明何时到来，于是我打开了所有的门。

——美国女诗人　艾米莉·狄金森

你无法选择怎样或者什么时候死去。你只能决定现在如何活着。

——美国民歌歌手　琼·贝兹

生活中，我们都有不能说的秘密，无法重来的后悔，够不着的梦想和难以忘怀的爱。最终算数的不是你活了多少年，而是这么多年里你怎么活着。

——佚名

永远做你自己，表现自己，相信自己，别到处找所谓成功人士然后企图复制他们的成功。

——功夫巨星　李小龙

你到达成功顶点的标记是你不再对金钱、名气感兴趣。

——美国作家　托马斯·沃尔夫

在MBA课程中，案例分析是非常重要的组成部分。因为要解决现实生活中的商业问题，需要基于事实、借鉴经验作出判断，而且答案常常不止一个，没有"放之四海而皆准"的公式，所以MBA们必须尽快地积累分析问题、处理问题的经验，来自现实的案例就是他们的实验空间。

同样，如何管理好生活组合也是没有固定答案的。阅读进行到这里，你可能已经了解了一些基本常识和道理，但这些还仅仅是开始。指数基金教父约翰·博格尔说过，"每天不断地学习，特别是学习来自别人的经验之中的教训。那种教训比较便宜"。没有什么课堂能比生活更加有效，不妨让我们来看看生活中的几个案例吧！

中国老太太和美国老太太

这是个老掉牙、被重复了千百遍快要被当真的故事。中国老太太一生省吃俭用，临死前攒够了买房的钱，却没住上新房，哪怕享受一天。美国老太太一辈子借债消费，住着大房子，最后背着债务（或者空手）离开人世。用中国人都熟悉的赵本山小品语言来讲，中国老太太属于"人死了，钱还没花完"的那一类，美国老太太属于"人还活着，可钱没了"的那一类。

这个故事一直被用来对比中国人保守的储蓄观和美国人大手大脚的超前消费观，而且被引用的大多数时候都倾向于为中国老太太感到惋惜。在 2008 年金融危机过后，这个故事又出现了好几个新版本，大多倾向于贬低美国老太太"挥霍"未来的行为。

很多人认为这个故事的原版体现了在两种不同制度和文化背景下，不同金钱观、生活观、幸福观的冲突对比。我却认为，这个故事的原创者只了解美国社会的皮毛，由此出发用最后攒了多少钱、住着什么样的房子来衡量比较两种生活方式的优劣，显示了该作者观念的陈旧。这个故事的最新版本则是反映了金融危机后的"流行性智慧"，认为美国人借钱消费，寅吃卯粮，终于落得如此下场。这种简单化的结论一旦在人们脑子里扎了根，可能会害人不浅。

中国老太太一辈子省吃俭用最后才攒够了买房的钱，第一说明中国房价实在太贵，超出了普通老百姓的经济承受能力；第二说明中国的银行业服务太差，像这种勤勤恳恳的优质客户，银行应该抢着贷款给她，帮助她早日实现买房的梦想，而不是把钱浪费在贷给不合格的国有企业，最终导致贷款变成呆账；第三说明中国老太太的生活目标太狭窄了，将攒钱买房设定为生活的最终目标，省吃俭用，其实却浪费了人生。

说美国老太太背着房贷一辈子，其实不太符合实情。美国房贷的最长期限是 30 年；2009 年美国人的平均期望寿命是 77.9 岁，一般来讲女性还要稍微长寿一些。大部分的美国老人在退休时（60 岁左右）都已经偿清房贷。事实上，很多老人在退休时都是把居住了多年的大房子卖掉，搬到退休社区，换个小房子，两套房子的差价可以让自己的退休基金"更上一层楼"。再者，美国政府鼓励老百姓成为"有产者"，房屋贷款的利息可以冲抵收入，降低买房人的实际税务负担。因此，美国老太太从银行借钱的实际债务成本要低于房贷合同上的名义利率。[1]假如她还能有回报率高于实际房贷利率的投资渠道，那么她借钱就更合算了。

很多情况下，假如美国老太太住着已经还清房贷的房子，她可以从银行申请"逆房贷"，也就是用房产作抵押（抵押额一般与房屋当前市价以及其预期增值程度有关），每个月由银行付给她一笔钱，直到她去世，然后由银行接手该房产。这样可以不卖房却把不动产变现成现金流。

---

[1]　举例说明，假如房贷名义利率是 6%，借款人的收入所得税率是 30%，那么实际债务成本只有 6%×（1−30%）=4.2%。

当然，有些美国人（尤其是新移民及少数族裔）确实借钱借得过了火，完全不考虑自己的支付能力。再加上银行的"没有客户，制造客户也要上"的放贷政策，资产证券化给人带来了虚假的安全感（成千上万的房屋贷款被"揉团、搅拌、切割"证券化后，债务人的风险看似已经被分散），以及美国政府部门的监管不力，次贷危机爆发了。不过我们应该看到，次贷在 2007 年占美国所有住房贷款总额的 14%，次贷中的烂账率在最高峰时达到 13%，所以在次贷危机最严重的 2008 年，全美国大概有 1.8% 的房屋贷款成了坏账。因为次贷的恶名整天摆在头条新闻上，人们很容易忽视绝大部分的房屋贷款仍然是"好账"这个事实，也就是说，绝大部分的"美国老太太"们还是遵纪守法，按时还款的，她们的生活之舟仍然在平稳前行。

也许有人要说，在这次金融危机里，美国受到那么大的打击，现在全世界最大最有钱的银行都在中国，赵本山在 2010 年春节晚会小品上都说了，美国人那么牛，不还得找我们中国人来借钱吗？不就说明美国那一套不行嘛！

不错，美国这次的确在金融危机里栽了跟斗，它的整个金融体制确实问题多多。可是，由此得出结论，从此全部回到"史前"状态，不向银行借一分钱，就是标准的因噎废食之举。

房屋贷款对社会发展的意义不下于货币的发明。遥想当年我们人类的老祖宗们受物物交换的限制之苦，终于想出了以货币为媒，虽然后来有假币、劣币等困扰，也没有人愿意退回到"洞穴"时代。现代金融的发展，使人类调配社会资源的方式不断多样化。房屋贷款就是"盘活"资本的重要手段之一。它让更多的大众有机会安居，同时也加快了资金周转的速度，提高了资金使用效率。

如果所有中国人都像故事中的那位中国老太太那样，我们的经济就会变成一潭死水。更何况，钱攒着，多年下来体积不会变小，但是购买力会被通货膨胀严重削弱。某种程度上而言，中国政府的外汇储备政策很像"中国老太太"生活哲学的放大——以美国国库券的形式攒着，而不是注入经济活动中成为"活"的资本。巨额的外汇储备眼看着就要成为世纪头号难题啦！

这次金融危机给中国最有价值的警示其实应该是中国不能再依赖出口，依赖美国市场，必须要培养和发展壮大中国国内市场。中国国内市场长期不被重视，"出口转内销"一直都是高质量的广告词，就很说明这个问题——对待出口比对待亲人还要重视，对待内销则提不起兴趣，这种做法非常扭曲经济资源配置。美国老太太之所以借着债还生活得很滋润，就是因为中国老太太们太节衣缩食，资源在政策的导引下全都流入薄利的出口行业，中国制造成了便宜的代名词，却让美国老太太们享受着价廉物美的好事。

从个人角度来讲，买房固然是大事，但是一门心思省吃俭用不是聪明的做法。每个人面临的资源都是有限的，在生活的各个层面分配好自己的资源，该省的省，该花的花，才能达到最佳效果。一味"紧缩"，消耗是不多，但是机会也大大减少。例如，你怕花钱，从不参加社交活动，你的社会关系网就肯定不会太广。没有社会关系网的人，人力资产方面的劣势显而易见。预支未来不一定就是坏事，只要你预支得有分寸，控制好"杠杆"程度，可以收到以一顶十的效益。另外，你更应该注重扩展自己未来，好让你的"预支"永远都有余地，永远都不会变成"透支"。例如，给自己充电，提高自己的工作技能，让自己在职业阶梯上不断更上一层楼，就是扩展自己未来的一个重要方法。事业上的成功，能给你的个人资产负债表带来质的飞跃，远远超过每天斤斤计较、省吃俭用攒钱的效果。

在这个故事里，中国老太太和美国老太太的生活哲学被完全对立起来了。在现实生活中，省钱攒钱与借钱花钱不应该是互相排斥的。如果结合得恰到好处，还可以锦上添花，如虎添翼。美国的亚裔族群的经济状况就是最好的例子。事实上，在这次金融危机中，美国亚裔族群所受的连累相对少很多，①95%以上的次贷客户是南加州、佛罗里达州等地的拉美裔移民、中西部地区的非洲裔居民以及蓝领工人。在美国的这些亚裔居民，他们可以说是把"中国老太太"和"美国老太太"的生活哲学结合起来利用的典型——存钱为主，借钱为辅。再加上他们工作勤奋、注重教育等传统，使得他们的整体经济地位在美国社会处于中上层。据美国人口调查统计，2007年全美国的家庭年收入中间值②是50 233美元，而亚裔家庭年收入中间值则达到66 000美元，是所有族群中最高的。我认为，与其以胜利者姿态教训美国老太太们，倒不如建议更多的中国老太太们取美国老太太之长，既勤且巧，提升自己的生活水平和质量，把自己的资产负债表最优化。

---

① 我曾经遇到过一位著名美国基金经理，他非常看好美国的几个亚裔社区银行，一直重仓持有这些银行的股票。他说，这些亚裔社区银行的主要客户都是亚裔移民，而亚裔移民（尤其是华裔）都有着根深蒂固的储蓄传统和借债必还的观念，因此这些银行的贷款都很优质，变成坏账的比例非常非常低。

② 中间值（median）是统计学中的概念，指把一组数据按从小到大的顺序排列，处于中间位置的那个数值。它与平均值最大的不同是，它不会受到"界外值"（outlier）的影响。如果一组数据中有一两个偏大或者偏小的数据，平均值就会"失真"，变得要么过高，要么过低。

站在成功男人身边的女人
——邓文迪能否成为下一个凯瑟琳·格雷厄姆

　　1999 年的夏天，还在攻读 **MBA** 的我暑期到香港星空卫视实习。我清楚地记得，我到达香港的第二天，所有大报小报和电视广播都被同一条新闻主导：68 岁的传媒大亨默多克与来自中国 31 岁的邓文迪在纽约哈得孙河上默多克的私人游艇上举行婚礼，而 17 天前默多克刚刚与上一任妻子、与他共同生活了 30 多年的安娜正式办完离婚手续。巨大的年龄悬殊，文化与意识形态的强烈反差，令人目眩的财富背景……如果说新闻的爆炸性也可以用里氏震级来衡量的话，那么这条新闻绝对可以定为 8 级以上。实习结束，我回到学校上课，大家都热切地交流着暑期实习的经历感受，一听我的夏天是在默多克的公司度过的，所有人的问题都是"你见过邓文迪吗？""她是什么样子的？""默多克公司里对这件事怎么反应？"没有人对我的实习内容感兴趣！①

　　邓文迪因为婚姻（她可以算是因为"干得好"而"嫁得好"

---

　　① 很惭愧，我从来没有荣幸见过邓文迪本人，只是听她曾经的同事们讲过一些她的点滴（几乎没有什么负面的内容）。她所在部门的秘书给我看过她和同事们的合影，她看起来充满活力，即使是在平面的照片上，你都能感觉到她的突出。

的例子）站到了庞大传媒帝国权势的中心。随着时光流逝，参与猜测默多克的继承人是谁这个游戏的人将会越来越多。默多克长子拉克林曾经是新闻集团内部默认的首选继承人栽培对象，但是他的耐心还比不上苦等女王退休的英国王储查尔斯王子，还没到老爷子退休那一天，已经卖掉了大部分的新闻集团股份，搬回澳大利亚，砸下重金另立门户。默多克长女普鲁登斯从来就没有对父亲的商业王国感兴趣过。默多克的二女儿伊丽莎白因为父亲偏向于"传位"给儿子，自己早就在英国闯出了一片天下。默多克的小儿子詹姆斯统领着英国天空广播公司，看起来颇有"接过哥哥的枪"的样子。在默多克身后，他的传媒帝国前景如何？复杂的家庭关系能否在没有默多克的日子里维持？更引人注目的是，邓文迪的角色是否会改变？她能否有一天进入新闻集团的决策层，充分发挥她的才能？以她的聪明才智，她会甘心低调，不抛头露面，满足于衣食无忧却无所事事的富太太生活吗？新闻集团在未来的商业竞争中（尤其是增长率最高的华语市场），浪费邓文迪的才华是否可惜？

从纯粹的物质生活角度来讲，邓文迪应该已经达到"无所求"的境地了。假如邓文迪永远甘心于旁观，她一辈子会顶着"嫁了一个大她一倍年龄的有钱老头的掘金女"的头衔。种种迹象表明，邓文迪可能并不是一位传统的"胜利品太太"，而是一个有自己追求的女人。

首先，吸引默多克的并不是邓文迪的外貌。默多克的亚洲原业务发展总监布鲁斯·多佛在名为《默多克中国冒险记》的书中披露了"当文迪遇到鲁珀特"的很多细节。默多克的前妻安娜多次劝他从商场上退休，多参加些慈善活动，享受生活。默多克的生活哲学则是"生命不息，战斗不止"，因此与安娜产生了严重的分歧。1997年默多克到香港参加香港主权移交庆祝活动，在公司的招待会上，布鲁斯介绍邓文迪是星空卫视在中国开拓业务的人员。招待会之后，默多克对布鲁斯感叹道："这些年轻的中国女孩聪明热情，她们将会改变中国，使中国变成令人瞩目的超级大国，中国应该让这样的年轻人来领导！"默多克接着又说，"我发现人越老越要让自己置身于年轻人之中。他们满怀新鲜观念，精力充沛，热情开朗，让你受到感染，让你精神振奋……"可见，邓文迪的灵气、聪明和主动外向的性格让默多克印象深刻。1996年前后中国留学生的流向还基本上是从中国去美国，"海归"的人数相当稀少，而且这少部分人中大多还是去了华尔街公司在香港的机构。邓文迪在耶鲁大学获得MBA学位后就投身于面向中国的传媒行业，套用美国著名诗人罗伯特·弗罗斯特的名句来说，就是选择了"较少人走的那条路"，由此可见她颇有主见，性格独立。

其次，邓文迪在婚后对自己的角色分寸拿捏得十分到位。很多人一开始都担心，这个女人太野心勃勃。尤其是默多克前妻安娜，深怕邓文迪夺去她几个儿女的继承权，在离婚文件里特地加入了条款，不给邓文迪以及她与默多克的任何子女以新闻集团的投票权，只给他们股份分红的权利。邓文迪在公共场合与安娜以及安娜的成年子女们相处得都非常融洽，连世界上最厉害的狗仔队都抓不住小辫子。对于默多克商业王国中，尤其是那些在主流传媒界占有比较高份额的业务，邓文迪刻意保持距离。曾经有记者问她是否喜欢新闻集团旗下美国福克斯电视的时政脱口秀主持人格兰·贝克的节目（该节目以政治保守倾向著称），邓文迪非常"害羞"地回答说，这个问题还是让她丈夫去回答吧。但是她很有选择性地积极参与新闻集团的某些业务，如互联网策略以及与中国有关的事物。新闻集团收购网站"MySpace"，邓文迪在背后起了相当大的作用——她本人与MySpace的两位创始人就是好朋友。不难想象，邓文迪的枕边风对帮助年纪渐长的默多克了解和体会互联网有相当大的作用。目前，邓文迪的官方头衔是"MySpace中国公司董事和首席策略官"。以这样"自然"、不触动敏感神经的方式保持她在新闻集团商业方面的角色，不能不说是非常高超的安排。更耐人寻味的是，与默多克的前妻安娜"事不关己"的态度相比，默多克参加任何商业活动，邓文迪总是相伴左右。曾经到过默多克家中的知情人称，在与默多克夫妇的谈话中，邓文迪对新闻集团的业务相当了解。

再者，邓文迪虽然头顶着默多克太太的称号，却仍然保持着相当独立的个性。她的两个女儿都能讲一口流利的中文——美国的很多华人家庭，即使父母都是中国人，也很难把"小假洋鬼子们"的中文抓好。在默多克的生活圈中，如果不是邓文迪的坚持，两位千金的中文学习绝对没影儿！在2008年的总统选举中，默多克投了共和党候选人麦凯恩的票，邓文迪则投了民主党候选人奥巴马的票，这也充分说明了邓文迪有着自己的立场。

那么，邓文迪这样一个女人在后默多克时代将如何"拥有自己的天空"？我想起了另一位传媒界名女人，那就是《华盛顿邮报》集团已故女掌门凯瑟琳·格雷厄姆。虽然她是上一辈的人，但是她的生活和事业经历仍然可以引起今天很多女性的共鸣。

1917年6月16日，凯瑟琳出生于纽约，在家中排行老四。她的父亲尤金·迈耶是一位非常成功、有名望的华尔街银行家。她的母亲漂亮能干，到哪里都是社交场合的明星。强势的母亲造成了凯瑟琳从小就非常害羞，缺乏自信，不喜欢抛头露面的性格。在她出生后不久，功成名就的迈耶把生活重心放到了积极参政之上，当时胡佛总统手下的美联储主席。1933 年，迈耶买下了因经营不善而破产的《华盛顿邮报》，开始了另一番事业。凯瑟琳当时正在上高中，没有人告诉她这件事——这种事情对那个年代的一个女孩来说是八竿子也打不着的事情，知不知道无所谓——直到她放暑假回家，才知道父亲成了《华盛顿邮报》的新主人。1946 年迈耶退休时，把《华盛顿邮报》交给了凯瑟琳的丈夫、哈佛大学法学院毕业生菲利普·格雷厄姆，凯瑟琳仍然只是一个热心的旁观者，主要职责是相夫教子，从来都不插手报社业务。在菲利普的领导下，《华盛顿邮报》逐渐成为美国首都地区最有分量的报纸，公司业务也扩展到电视、广播、期刊等各个传媒领域，菲利普本人也因为领导得力、事业成功而成了《时代》杂志 1956 年 4 月 16 日那一期的封面人物。他还是肯尼迪总统和约翰逊总统的重要圈内人，在华盛顿政界举足轻重。凯瑟琳一如既往地站在丈夫背后，履行她的模范贤妻良母职责。然而，菲利普因为长期的工作压力，患上了严重的抑郁症，并且告诉凯瑟琳他爱上了手下一位来自澳大利亚的女记者，要和凯瑟琳离婚。两人经过了一段痛苦的分居岁月后，他又宣布回到凯瑟琳身边。可是几个月后，1963 年 8 月，在所有人都毫无防备的情况下，菲利普在家中开枪自杀。

多年饱受丈夫病情与移情煎熬，被丈夫的自杀强烈震惊，满怀悲伤、失落和迷惘，毫无商业和新闻业经验的凯瑟琳几乎是无意识地当上了美国舆论重要桥头堡《华盛顿邮报》的女老板。很多年以后，人们问她当初如何有勇气挑起这副重担。她说，她当时根本没有意识到这副重担有多重，前路有多崎岖，会有多少不眠之夜。她当时只是想着《华盛顿邮报》是父亲和丈夫倾注了毕生心血的事业，是她的家庭不可分割的一部分，自己只是一座桥梁，为子女将来长大成人后继承父亲衣钵作铺垫而已。

她上任后做的最重要的事情是与高层管理人员沟通，尤其是那些在她与菲利普分居时公开表示站在菲利普那一边的人，包括后来担任《华盛顿邮报》主编 20 多年、为报纸作出杰出贡献的著名报人本杰明·布莱德利。她深知自己缺乏经验，需要能干的内行人的帮助，哪怕那些人有"前嫌"，因此她丝毫没有"老板娘"的架子。她对《华盛顿邮报》的热爱让她克服了无数的困难挑战，尤其是在那个职业女性仍然是稀有动物的年代。她既无前人可效仿，又无同辈的支持，走过了"一个艰难又孤独的过程"，一直到 1999 年卡莉·菲奥莉娜成为惠普公司总裁之前，凯瑟琳是唯一一位担任《财富》世界五百强公司总裁的女性。

1973 年 6 月 15 日，《华盛顿邮报》上市，开盘每股股价是 26 美元。1997 年凯瑟琳正式退休时，股价已经达到每股 279 美元，年回报率达到 10%。股神巴菲特投资眼光锐利，他买入《华盛顿邮报》10% 的股份，是他最成功的投资例子之一。巴菲特和凯瑟琳的友谊成为商业史上的佳话，也成为《华盛顿邮报》的福祉。20 世纪 80 年代中期至 90 年代初期是《华盛顿邮报》的鼎盛时期。1988 年 12 月，《华盛顿邮报》与苹果电脑、默克制药、沃尔玛超市一起被《商业月刊》列为"管理最佳公司"。

但是凯瑟琳的成功绝不仅限于此。她和《华盛顿邮报》最闪光的时刻，也是最值得载入新闻史的时刻，就是在 1971 年顶住尼克松政府以所谓"国家安全"为借口的政治高压（尼克松当局的司法部曾经不无威胁地暗示要调查《华盛顿邮报》集团的"不当商业行为"），刊登五角大楼内部关于越南问题的调查报告，以及之后在"水门事件"中，坚持客观报道，维护公众了解政治内幕的权利。这两件事使得《华盛顿邮报》正式成为具有全国性影响力的媒体，而凯瑟琳也成为受人瞩目的传媒风云人物。

凯瑟琳生于富裕之家，前半生无忧无虑，过着平淡安稳的日子，却没有自己的独立身份，直到世事突变，被生活推上了前台。她的成就在那个女性备受约束的时代，显得尤其突出。她选择走出自己的安全区域，一头扎进充满未知的商业世界，并不是因为她有任何野心，或者她有财务上的需要。她的选择是她家庭观、自我观、世界观的自然延伸，是出于她对于《华盛顿邮报》的热爱，是出于探索自己在这个世界上真正的角色的渴望，是出于她对待人生的责任感。

今天，凯瑟琳的声望已经远远超过曾经让凯瑟琳仰视崇拜的父亲和丈夫，她领导期间也是《华盛顿邮报》的黄金岁月和最鼎盛时期。她从女儿到妻子到寡妇的角色转换使她最终成为创造了历史的女人。

很有意思的是，邓文迪的前半生充满奋斗，也充满曲折（人们看到的是凤凰栖上枝头的荣耀，但是个中艰辛唯有灰姑娘自知）。现在的她则恪守妇道，与凯瑟琳的生活经历似乎完全相反。对于澳大利亚记者埃里克·埃利斯的采访要求，新闻集团发言人是这样回答的："关于文迪，并没有长篇商业故事可以报道——她目前的主要兴趣全部集中在 MySpace 在中国的潜在发展策略方面。她不是新闻集团的管理人员，没有正式职位，也不想成为公司管理人员。她的主要角色是两个可爱的小孩子的好妈妈。"

虽然她们的家庭出身、文化背景和生活时代大相径庭，但是她们作为女性，面临着同样的问题：在自己身边强势个性的男人消失之后如何定位自己的角色。物质财富对于她们的生活，用经济学家的行话来说已经没有什么"边际效益"，也就是说，物质财富的增加对于她们已经没有太大的意义。从时间上讲，邓文迪比起凯瑟琳有后来者的优势：时代变迁，社会对于积极追求自我的女性已经相当接受。凯瑟琳时代，哈佛商学院都不收女生。而邓文迪的耶鲁商学院班上女生可不少！然而，从跨越文化的角度来讲，邓文迪是"前无古人"。西方社会对于来自社会主义中国的任何东西都不可避免地带着怀疑甚至排斥，哪怕是一位赤手空拳的女人。嫁给外国人的中国女孩成千上万，但是她们都努力地融入丈夫的世界，像邓文迪这样保持着很多自我的并不多。

那么凯瑟琳可以给邓文迪什么样的启发呢？凯瑟琳的成功并不是她一夜之间脱胎换骨，突然变成了女强人。可以说，如果凯瑟琳野心勃勃，很有可能得罪原来丈夫手下的那些得力干将——他们之所以愿意留在凯瑟琳身边帮助她，与她对自己的不足有清醒认识、不耻下问、一切为了《华盛顿邮报》的未来着想的态度有关。她的脆弱，她的幼稚，她的不自信，与她对《华盛顿邮报》的满腔热爱，都真实地展现在她所继承的团队眼前。人们愿意伸出援助之手，因为人们被她打动了。她之所以可以在与尼克松政府的对峙中从一开始就表现出莫大的勇气，没有因为商业利益受到当局威胁而患得患失，并不是因为她个性刚毅，天不怕地不怕，而是因为她信仰媒体独立精神，不愿意让她手上的《华盛顿邮报》沾上屈服权势的污点。公众的眼睛是雪亮的，她的坚持原则换来了读者的尊重，奠定并巩固了《华盛顿邮报》的地位，为公司创造了无价之宝——声誉，那也是真正属于她自己的财富。而这一切，都不是凯瑟琳最初接班时的目的。她简单而执著的出发点——为保住父亲和丈夫的事业成果，为下一代的继承作铺垫，成了她最好的动力来源，而她鲜明的正义感和受父亲以及丈夫影响而养成的职业操守让她一路得道多助。

如果说《华盛顿邮报》的重任突然砸到凯瑟琳头上，把她弄得措手不及，那么相比之下，邓文迪在新闻集团最终的位置则需要她发挥聪明才智去争取，或者更准确地说是去创造。《华盛顿邮报》虽然重要，但毕竟还只涵盖比较单一的业务范围，并且当时还不是上市公司，凯瑟琳从一开始就坐上掌门位置并不突兀。而新闻集团是上市跨国公司，涉足众多媒体领域，期望邓文迪（或者默多克其他的子女）全盘接默多克的班可能有点不现实。邓文迪的机会在于她的"中国根"。任何人接手新闻集团，都会被拿来与默多克相比。绝大部分的投资人都认为，默多克的战略眼光和统筹能力无几人能出其右，华尔街分析师们都在公开讨论新闻集团股票的"继承计划折扣"——失去默多克的新闻集团恐怕会经历相当长一段时间的动荡，如果没有第二个默多克级别的领导人物出现，新闻集团分裂也不是天方夜谭。邓文迪不能一下子踏入新闻集团核心决策层反而对她有利——没有人对她评头论足，她可以专心于新闻集团的中国业务。媒体行业在西方属于市场比较成熟的行业，而在中国则是朝阳产业，邓文迪的天地其实要比那个将来坐到默多克椅子上的人广阔得多，她能起到的作用也将更深远。

谁也不知道新闻集团幕后的决策将向何处去，邓文迪也从未有过任何公开言论表明她的未来打算。不过，有一点很多人可能没有注意到，却颇耐人寻味：自从默多克的新闻集团把《华尔街日报》买下来之后，《华尔街日报》的中文网络版得到了充分的重视。可以看出，中文网络版的投资力度相当大，其内容质量很高。外人无从知道邓文迪在其中所起的作用，但是这种战略定位（中文网络版本身离赢利恐怕还有一些距离）的决定一定来自最高层，邓文迪处在发挥影响力的最佳位置——不显眼，但是非常有效。

假如菲利普没有自杀，凯瑟琳也许不会走上掌管《财富》世界五百强公司的道路，也许她会守在丈夫身边，默默无闻一辈子。凯瑟琳精彩的一生说明，女人的成功不一定和野心成正比，女人的力量往往是在克服先入为主之见的过程中发挥得最淋漓尽致。假如邓文迪日后写作回忆录的话，以现代灰姑娘童话作为尾声恐怕不会多么吸引人，我们已经看到她具备了很多天时地利人和的优势以及令人注目的个人素质，期待她能写下更辉煌的篇章，让世人看到，成为"默多克太太"并不是她的人生顶点。

挫折也是财富
——刘晓庆与玛莎·斯图尔特

因为钱而进了监狱的漂亮名女人，中国有影星刘晓庆，美国有女富豪玛莎·斯图尔特。

刘晓庆个性张扬，2002 年因为逃税而入狱。玛莎是玛莎·斯图尔特生活多媒体公司（Martha Stewart Living OmniMedia，MSLO）的创始人，2004 年，她在事业如日中天之际因为一笔股票交易而被判刑。

在牢狱之灾来临之前，两位名女人都已经在各自的事业中获得了巨大的成功。

1990 年，头顶"百花"、"金鸡"影后桂冠的刘晓庆正式"下海"经商，次年年底，刘晓庆实业发展总公司宣告成立，3 年之内融资 50 亿元人民币，在国内购入共约 1 万亩房地产发展用地，分别在深圳、上海、烟台、昆明从事地产发展。此外，刘晓庆饮星食品有限公司、刘晓庆美的世界化妆品公司、晓庆经典广告公司、晓庆影视文化公司及晓庆文化艺术公司等相继成立。在商战中，短短几年，刘晓庆涉及各个领域，房地产、金融、化妆品、酒、家用电器还有影视。在中国《福布斯》的 1999 年"百名富人排行榜"中，刘晓庆排 42 位，居文艺界之首。她本人对于"亿万富姐"的称号也欣然接受。

玛莎·斯图尔特生活多媒体公司于 1999 年在纽约证券交易所上市，最高市值曾经达到将近 17 亿美元。该公司的业务涵盖出版、互联网、广播电视、零售，2001 年观众用户达 8 000 多万人，年销售额达 3 亿美元。她最大的成功点在于她把室内设计"民主化"，用不怎么昂贵的材料，通过有创意的设计，让普通美国人的家庭装饰也变得富有品位。玛莎本人的身家最高曾超过 10 亿美元，成为"最富有女人"、"最有权力女人"之类名单上的常客，获得了"生活艺术大师"的美称，还上过美国《人物》杂志 1996 年"世界最美丽五十人"榜。

这两位都是白手起家。她们没有显赫的家世背景，没有嫁给有权有势的丈夫（她们事业最高峰时都是离婚单身状态）。凭着她们对成功的渴望和执著，她们成就了自己。

刘晓庆凭着自己的一股闯劲在影坛和商场上闯出一片天的故事大家都比较熟悉。玛莎的经历虽然在她入狱之前没有刘晓庆那么富有"戏剧性"，却也充分反映了她孜孜不倦追求成功的精神。玛莎 1941 年出生于美国新泽西州一个小镇，她的父母都是波兰移民后裔，家境并不富裕。从热爱园艺的父亲和擅长缝纫的母亲那里，她学会了持家的艺术。与绝大部分女孩子只会做钟点工照看小孩每小时挣 50 美分零花钱相比，玛莎从小就高人一筹：她替邻居同学家里组织生日派对赚钱，一次就是好几十美元。在高中时代，她的同学们就给了她一个绰号："优雅"。她的学习成绩也非常好，全 A 的她获得了著名女子学院巴纳德学院的奖学金。在大学里，漂亮的她业余通过做平面模特赚取学费。1961 年，她和耶鲁大学法学院的学生安迪·斯图尔特结婚，婚后不久生下女儿艾莉西丝。后来他们搬到康涅狄格州的西港镇，买了一幢老房子，玛莎的设计天赋在改造装修这幢老房子的过程中显露出来。由于她所在的证券公司遇到丑闻，她便辞职，自己开公司，上门提供家庭派对服务，公司业务蒸蒸日上。之后出版公司邀请玛莎把她设计布置出一流派对氛围的方法以及派对所用的食谱集结成书出版。1982年12月，《宴客派对》一书出版，这本装帧精美，充满创意，尽显作者雅致风格的书立刻登上了《纽约时报》畅销书榜；从此玛莎便"一发不可收拾"，她的"家政帝国"诞生了。以她的名字命名的杂志《玛莎·斯图尔特的生活》问世，到2002年发行量最高时达到200万份。同时她的电视节目也成为收视率的保证。在短短的十几年间，她创造了一个新的品牌。1999年，玛莎·斯图尔特生活多媒体公司股票以每股18美元的价格上市，当天就翻了一番。

面临牢狱之灾，两位都表现出了非常坚强的意志力和东山再起的积极人生态度。

刘晓庆从进秦城监狱的第一天起，就开始每天洗冷水澡，学英文，坚持锻炼，调整心态，把监狱变成了自己的"疗养院"。今天的刘晓庆享受着生活、朋友和家庭，拥有爱情、事业稳定，看起来监狱生活丝毫没有给她带来任何负面痕迹。

玛莎则多次放弃了与公检方庭外和解的机会，坚持自己无罪的申诉。最后结果虽然让她失望，但是她没有怨天尤人，在接受法官判决的时候，主动要求提前服刑，这样她可以"正好赶回来开始春季花园的种植计划"。面对媒体的"长枪短炮"，她说："我将回来。我会回来的。"她在狱中发挥自己的特长，在50美元的预算之内做出了漂亮的圣诞节装饰。很让小报们失望的是，她和狱友们处得非常好。她还积极准备，和有关投资方达成了协议，出狱后就开始主持两个新的电视节目。"回到人间"之后，她全身心地投入公司的运营，推出新产品、新计划、新节目，开发新合作伙伴和新销售渠道，玛莎似乎有用不完的精力。2007年第一季度，玛莎·斯图尔特生活多媒体公司自从玛莎遇到法律麻烦后第一次转亏为盈。

有部电影叫《莫斯科不相信眼泪》，可以说这两位女人都是不相信眼泪的人物。她们以最大的努力去争取，以最现实的心态去承受，这也是她们俩不被生活压垮的原因。

经历了重大人生打击，这两位女人又都吸取了什么样的教训呢？

2007年刘晓庆接受访问[①]时说："我过去也曾上过《福布斯》杂志，但那种疲于奔命的生活，失去了，我一点都不遗憾。尽管我在这个事情上损失了很多钱，等于失去了全部，但我觉得这些可能本来就不应该是我的，我从来没有因为钱掉过眼泪。其实你要是能把自己的心态调整好的话，监狱就成了疗养院。"

刚出狱时，刘晓庆面临的是重打江山、重建家园的局面。当时的压力比较大，买菜的钱都没有，所以她演了很多叫做"串戏"的戏，穿梭在各个剧组之间，饮食起居没有规律。那是一段艰苦的日子，这样的日子过了3年之后，她终于可以松口气了。

她还说："过去有公司，我觉得压力非常大，因为那么多职工，人家离乡背井，把国有单位的工作都辞了，你肯定要对人家负责。

① 以下刘晓庆采访内容转引自2007年12月13日《中华文摘》杂志。

现在没有公司，只需为自己负责，反而从精神上各方面获得很大的轻松，我反倒觉得这个阶段是我近 20 年来最好的一个阶段。"

"要是没有秦城那一段，我还是在那个旋涡里面出不来，做了生意，就像给驴上了套，卸下来很难。最多的时候我办了 25 家公司。现在，驴不用拉车了，自己活好就行了。秦城事件还是有很多好处的，我觉得我在秦城上了一所人生学校。"

"对女人来讲，最最能够依靠的，还是自己。比如我去秦城，别人再爱我，不能替我去；如果我现得了癌症，周围的人再爱我，也不能替我忍受痛苦。还有，心理上的东西是不能由别人代替的，比如像我遇到这些事情，一定要靠自己内心的力量。女人首先还是要自立自强，你才能拥有真正的爱情。当花瓶肯定是不行的，武则天说得好：以色侍君，岂能长久？"

从一个劲儿在"钱"路上往前冲，到如今这样放慢脚步回味人生，刘晓庆确实没有枉付生活的学费。她入狱前的人生资产负债表，资产看似庞大，其实透支不少，负担很重。目前的她可以说是真正的富婆——从内心到外在，她拥有外力夺不走的财富。

玛莎出狱后似乎挫折不断。先是她的电视真人秀《学徒》因收视率惨败被取消；2007 年与她关系亲密的母亲去世；2008 年年初又与交往了 15 年的男友、微软公司办公软件元老查尔斯·西蒙尼分手；同时事业上又出现了新的竞争对手；经济危机又给她的公司雪上加霜，公司股票价格最低跌到了 1.6 美元。不过，最近玛莎宣布，从 2010 年 9 月开始她的专题节目将成为美国有线电视频道 Hallmark 的主打节目。该频道已经在 9 000 万户美国家庭中落户，这个协议将给她的公司带来丰厚的收益和令人遐想的前景。①她的公司还新近进入了绿色环保产品领域。总之，她还在一心重振旗鼓，再塑辉煌。

因为曾经被判有罪，玛莎不能再担任上市公司负责人，即使是在她自己的公司里，她也只能以"顾问"的身份工作。不过，这反而促使她不再一味地关心公司收入利润是否增加。她现在的焦点是如何把"玛莎·斯图尔特"这个品牌的生命延续下去。她本人还在上诉，虽然已经遭到一次否决，她还会继续下去，直到法院同意推翻原判决的那一天。

玛莎出狱后最大的改变是她意识到自己过去的批评者们指责她虚伪、冷酷、傲慢、不好伺候是有一定依据的。她受人欢迎的那部分形象是她作为一个美满和谐幸福家庭的主妇，充满热情和创意，近乎完美地处理着日常家庭生活。然而事实上她早在1989年就与丈夫离了婚，离婚的原因据说是她太投入工作，冷落了自己的家庭。在屏幕上笑容满面、亲切地与观众交流的她，据说在摄影棚内经常因为工作人员出了差错而大发雷霆。她坐着私人专机飞往墨西哥度假时决定卖掉那些股票以躲避损失，让人觉得她锱铢必较，为富不仁。从特权阶级"沦落"到无助阶级，她在狱中与社会最底层的人们为伍，但是她们的友情让她体会到，女人不仅需要事业心，更需要同情心。这段经历也给了她一个看待生活的全新角度：做人的方式和事业的成功与否是紧密相关的。到了某种程度，做人方面的不足迟早会表露出来，对事业产生不利的影响。出狱后的她，从不避讳谈论她的狱中经历。相反，她甚

---

① 美国脱口秀女王奥普拉2009年年底宣布将于一年后退出主持舞台，专心经营自己的有线电视频道。随着带宽的不断增加，有线电视频道被认为是互联网时代具有最大潜力的内容传播渠道。很多富有远见的企业家都已经开始增加这方面的投入。

至还到她的竞争对手、美国日间生活节目新秀主持人瑞秋·雷的节目上分享自己的监狱心得。广告商们"不计前嫌"，又都回到在玛莎的公司投放广告，足以说明玛莎"重新做人"还是相当成功的。

从小人物矢志成为明星、名女人、商界女强人，然后几乎遭到毁灭，再浴火重生，刘晓庆和玛莎在不同的国度书写着传奇。她们不是完人，她们的行为充满了争议，但她们活得"五味俱全"。因为是女人，她们为成功付出的代价很高昂。然而正是挫折让她们的财富上了一个新台阶：今天的她们比任何人都能更切肤地认识到，对于物质财富的强烈企图心可以驱送她们到众人瞩目的高度，也可以成为让她们摔跤的镣铐。她们用自己事业上的成就证明了自己是能干的女人，她们也用自己在挫折面前的勇气证明了自己是聪明的女人。虽然她们早已经过了青春妙龄，但是她们余下的人生会因为她们拥有阅历和智慧而更加靓丽。

笑在百岁人生之最后
——宋美龄与布鲁克·阿斯特

　　2003 年 10 月 24 日，宋美龄在纽约寓所逝世，享年 106 岁。在随后举行的遗体告别仪式上，虽然出于政治原因，没有政要名流蜂拥，但是来自世界各地、她生前主持的"国军遗族学校"（也就是阵亡将士孤儿学校）的学生们——他们大多已届不惑之年——纷纷向他们的"妈妈"致敬，让旁观的《纽约时报》记者也感动不已。

　　2007 年 8 月 13 日，布鲁克·阿斯特在纽约郊区的私人庄园逝世，终年 105 岁。守候在床边的是她的管家、两位护士以及临时监护人、时装设计师奥斯卡·德拉伦塔的夫人。唯一的亲生儿子托尼布鲁克马歇尔此刻正官司缠身，没有在场，而这场官司正是由布鲁克的亲孙子、也就是托尼的亲生儿子发起的，控告托尼虐待并欺诈性侵占布鲁克的财产。[①]布鲁克的葬礼非常冷清，因为布鲁克的朋友们不愿意捧主持仪式的托尼的场。据布鲁克下葬的墓园看护人说，从来没有看见过托尼来母亲墓前献花。

---

　　①　两年后，法院认定 85 岁的托尼有罪，其被判入狱监禁 3 年。

　　两位都是出自名门，活了超过百岁的"有钱有势"老太太。她们坐拥丰厚资产，享尽荣华富贵，都在各自的领域里呼风唤雨，令众生仰视。可是，宋美龄经历了战火、落难、失去权力等人生大起大落，最后得以在家人的簇拥之下平安辞世，没有子嗣的她却充分享受了天伦之乐。而布鲁克则做梦也没想到亲生儿子会背叛她，酿出家人反目的丑闻，引发轰动一时的豪门恩怨。

　　在我们比较这两位不平凡的女人，从她们的经历中寻找启发之前，先来介绍一下布鲁克的生平及她背后的故事。

　　1919 年，17 岁的布鲁克在母亲的撮合下，嫁入豪门。布鲁克的第一任丈夫约翰·库塞的父亲是新泽西州商业大亨，约翰本人正在普林斯顿大学念书，外貌英俊，风度翩翩。可是约翰有着酗酒和玩女人的毛病，最糟糕的一次，约翰醉酒后揍布鲁克，把她的下巴都打得脱臼了。1924 年，布鲁克生下了她唯一的儿子，就是让她晚年生不如死的托尼。1930 年，共同在"豪华的地狱里"生活了 11 年的布鲁克和约翰离了婚，布鲁克得到相当丰厚的赡养费以及儿子的监护权，但如果她再婚，赡养费就不再付给她，而转归托尼名下的信托基金所有。1932 年，布鲁克再次结婚，嫁给了查尔斯·马歇尔。第二位丈夫虽然在华尔街当股票经纪人，收入不错，但远远不如布鲁克前夫家那么富有。但他对待布鲁克非常忠诚，布鲁克也一直说，查尔斯是她这辈子的最爱。托尼也很喜欢这位继父，并且把自己的姓也改成了继父的姓——"马歇尔"。然而天有不测风云，在布鲁克 50 岁那年，查尔斯突然中风过世，其乐融融的家庭破碎了。更要命的是，布鲁克这才发现，查尔斯与前妻的离婚协议中规定，假如查尔斯过世，他的遗产的 1/3 要归他的前妻所有。布鲁克总共只拿到 50 万美元，虽然这也是一笔不小的数字，但是对没有任何其他经济来源的布鲁克来说，前景非常暗淡。她不得不第一次正式进入职场，加入了《家园》杂志成为一名编辑。

在朋友家的聚会上，布鲁克认识了第三任丈夫，62 岁的文森特·阿斯特。文森特性格古怪阴郁，脾气暴躁。布鲁克对于文森特的习性有点不安，但是经不住文森特每天一封情书的攻势，而且考虑到现实，布鲁克答应了文森特的求婚。他们的婚姻生活还算风平浪静，但主要是布鲁克迎合文森特。文森特的控制欲很强，从一开始就不喜欢托尼，坚决不允许托尼使用阿斯特的姓。布鲁克只好尽量不和托尼见面，包括托尼生日这样的日子。文森特不允许布鲁克在家里和她自己的朋友打电话聊天。布鲁克对丈夫百依百顺，忍气吞声。她曾经评论自己的"阿斯特太太"生涯说："我在休耕。"不过文森特非常热衷于赞助文化机构，而且出手大方。临终前他对布鲁克说过："整个阿斯特基金会都交给你了，你会觉得好玩极了！"

1959 年，67 岁的文森特心脏病发作过世，没有亲生子女的他留给布鲁克大笔遗产。在此后的半个世纪里，布鲁克没有再婚，而是全身心地投入慈善事业，成为美国最有名、德高望重的慈善家之一，她的名言是："财富就像马粪一样，只有把它撒开才有用。"她因为慈善活动获得了"纽约非官方第一夫人"、"纽约活地标"、"老百姓的贵族"这样的昵称。1998 年，克林顿总统还给布鲁克颁发了代表美国公民可获得的最高荣誉的自由勋章，以表彰她的贡献。

可是，布鲁克与唯一的儿子托尼之间的关系却问题多多。其一，托尼的存在，让她忘不了她与第一任丈夫之间梦魇一般的婚姻岁月。其二，她总觉得托尼不够出色。托尼没有固定职业，以写作为生，但是没写出什么名堂。其三，也许是最致命的一条，就是托尼的第三任妻子夏琳的存在。夏琳原来是布鲁克夏日别墅所在的缅因州小镇上牧师的妻子，后来，他们俩背着布鲁克私奔，来了个先斩后奏。布鲁克觉得儿子自私自利，破坏别人家庭，给自己丢尽了颜面，非常生气。虽然后来勉强接受了事实，但是布鲁克对夏琳的态度一直全无热情。而个人修养没怎么到家的夏琳也常在人前人后犯各种忌讳，越发地让布鲁克失望。布鲁克曾经对好友说过胖乎乎的夏琳"既没有品位，也没有脖子"。根据布鲁克的遗嘱安排，布鲁克过世后，托尼将是她最大的遗产继承人，但是假如托尼在夏琳之前去世，布鲁克的遗产将全部转赠给托尼的两个前妻以及他的一对双胞胎儿子等家人，夏琳什么也得不到。

　　布鲁克多年来保养有方，驻颜有术，身体健康，90多岁时她还频繁出席社交活动。很有意思的是，有一次布鲁克参加纽约大都会博物馆筹款晚会时，得知蒋夫人宋美龄也会出席，并且不坐轮椅，便也坚持不坐活动举办方提供的轮椅。布鲁克后来因为老年痴呆症病情日益严重，便退出了社交场合，只偶尔与关系亲密的朋友吃饭时才出门。而托尼则已经有过两次心脏病发作的经历。可能出于时间上的紧迫感，托尼开始"动手脚"。托尼先是把跟随布鲁克多年的忠实管家和私人秘书都给解雇了，又把自己在母亲名下的信托基金的职务工资加了2倍，把布鲁克的夏日别墅的户主改成夏琳，还借布鲁克身体不好为由，把布鲁克在纽约郊区的庄园关闭了，然后带了自己的律师上门，让老太太签了各种各样的文件。同时还有人拍到夏琳在公共场合戴着布鲁克著名的由367颗圆形钻石做成的雪花项链！直到托尼的双胞胎儿子之一菲利普有一次经过纽约去看望祖母，发现祖母的处境跟囚徒一样，不能出门，沙发上还有狗尿味道，而且祖母最喜欢的一幅挂在门厅的油画也不见了（被托尼私下卖掉了），且重复说害怕穿黑色西服的人，怕他们要抢劫她的东西，还一个劲地央求菲利普带她去纽约郊区的庄园，菲利普这才知道问题很严重。

2006 年 7 月，菲利普向纽约最高法院递交了起诉书，控告他的父亲托尼·马歇尔虐待和欺诈老祖母。法院指定布鲁克的忘年交、时装设计师奥斯卡·德拉伦塔的夫人阿妮塔为临时监护人，摩根大通银行全权代理布鲁克的财务，派会计师事务所核实过去几年里布鲁克的账本，结果发现有约 1 400 多万美元的现金不知去向。过了不久，纽约检察长办公室宣布所谓的布鲁克遗嘱上的签名系伪造，而且在向夏琳转移布鲁克房产时没有缴纳应该缴纳的税款，涉嫌逃税，对托尼提出刑事公诉。消息一出，托尼和夏琳成了纽约人人喊打的对象，在纽约社交界变得空前孤立。法官下令托尼如果要与他母亲见面的话，必须通过临时监护人事先约定时间。

相比之下，宋美龄的最后岁月则舒适美满得多。对于宋美龄在中国的历史，几乎每一个中国人都很熟悉，但她在蒋介石去世后移居美国的生活，可能了解的人并不多。1975 年 9 月，蒋介石去世 5 个月后，她带着十来位侍从飞抵纽约，之后很少再回台湾。在旅居美国的早些时候，她大部分时间都住在孔家纽约长岛的蝗虫谷一处面积约 37 公顷的庄园内。有时她会驱车到曼哈顿，参观画廊和艺术馆，自己闲时，还撷笔作画，她的画还参加过多处画展。虽然她已经很少过问政治，但是她还十分关心中国台湾和大陆的形势，坚持每天阅读台湾"外交部"专门为她发来的新闻剪报。后来因为行动不便，于 1998 年搬到纽约曼哈顿上东区高级公寓居住，直到 2003 年过世。在此期间，她与外界交往不多。除了亲近的家人，还有几位美国友人有机会进入她家中，包括曾写出了《宋氏三姐妹》的美国作家项美丽和宋美龄就读威尔斯利学院时的同学艾玛。另外，她还定期接待台湾妇女团体的访客，以及她创立的"国军遗族学校"的学生们。24 位侍从人员三班倒安排她的生活起居、衣着、车辆，还替她整理文牍，处理书信。每次进出都有美国政府提供的保镖护卫。自 1991 年后，宋美龄更是深居简出，除了会见，很少在公众场所露面。她参加的最后一次大型公开活动是在第二次世界大战 50 周年纪念日（1995 年），98 岁的她作为特别嘉宾应邀来到美国国会，出席庆祝仪式。《华盛顿邮报》不无惊讶地观察到"蒋夫人仍然不用搀扶，自己走进了会场"。在宋美龄的葬礼上，为她主持了 40 多年礼拜的牧师周联华说："我们都是上帝创造的，但宋美龄是上帝的杰作。"

布鲁克与宋美龄这两位女人丰富的人生经历有不少值得人们回味思索的地方。她们的财富和权力太过耀眼，往往让人看不到她们的内在力量。

布鲁克和宋美龄除了都是"贵族"之外，还有两个突出的相像之处。

首先，她们俩优雅的身影为人所乐道，但是优雅背后我们可以看到两位都是非常自律的女人。在美国求学的青少年时代，宋美龄曾经因为喜爱冰激凌和奶昔而体重升至 130 磅。但是自 1917 年 19 岁的她从美国回到中国，一直到过世，她的体重始终保持在 100 磅。布鲁克娇小但苗条有致的身材则得益于她每天坚持在游泳池划水 1 000 下。以她们的生活条件，山珍海味应有尽有，口福齐天，如果不是严格自律，很容易发胖。很多人在年轻时还可以靠虚荣心管住自己的"嘴巴"，然而到了老年就不再那么约束自己。她们俩的意志力之强因为她们的长寿而更显突出。严以自律一时不难，难的是一辈子严以自律。

有钱人的身材

老妈来美国，总结了很多条观感。其中之一是：美国越有钱的人越瘦，越穷的人越胖。

我每次回国，也颇有感慨：中国和美国对女人身材的审美观已经统一，一概追求三围性感外加整体苗条。女同胞们，特别是都市职业女性，都在为减肥而孜孜不倦地奋斗。然而中国的男人们，尤其是成功人士们，却没有一点瘦身的压力，再水桶粗的身躯，众多美女都趋之若鹜，一点也不嫌弃。呜呼！男女之不平等，无出其右！

没有权威统计表明美国阶级胖瘦分明从何而始。有人说，有钱人操心的事情多，工作忙，所以胖不了。穷人生活简单悠闲，吃饱了就睡，所以心宽体胖。然而据我的偏听偏信，财富和胖瘦并不存在因果关系，但绝对有高度相关性。

胖子在美国受到歧视是一个不争的事实，有研究说超重的人平均工资比正常体重的人低 6% 左右。近年来也有多起胖子因为身材臃肿而不被提拔重用，把雇主告上法庭的案子。其实，很多时候胖子被人贬低不仅仅因为审美因素，而是胖给出的信号是你这个人缺乏自律，因而让人怀疑你是否胜任工作。一旦被戴上缺乏自律、没有毅力之类的帽子，胖子的前途就日趋暗淡。

到底保持身材有多难？在美国这样一个商品丰富、食品成本尤其低廉的地方，到处都是卡路里炸弹，一不小心就会把自己喂过头。我带老妈去牛排店开洋荤，指给她看菜单上有一道很受欢迎的20盎司级"给正牌勇士的牛排"，价格是25.95美元。将近一斤半重的一块肉！她老人家过了老半天才说，我们那时候，全家一个月才半斤肉票。在国内属于高级消费品的哈根达斯冰激凌，在美国超市里两三美元就可以买一大盒。身处这样的环境，确实需要很强的毅力来控制自己的口腹之欲。

要瘦除了少吃之外，坚持运动也是必不可少的。美国到处都是自动扶梯，做什么事情都可以不下车，日常生活中消耗能量的机会实在是太少了。那些在事业上颇有成就的人大多很瘦，多半是因为他们在私人生活中的自律也潜移默化地在他们的职业生涯中起到了作用。

不论男人女人，永远保持着好身材，是一个非常能够反映个人毅力的侧面。而坚强的意志力又是成功的必要元素。下次你要考察某个人，不妨从外表形象开始。

其次，她们俩的社交和交流能力也是一流。在抗日战争初始的1937~1938年期间，宋美龄一共写了100多篇文章、演讲稿、新闻发布稿、公开声明等，发往美国各界人士手中，寻求美国公众舆论的支持。1943年宋美龄的美国之行是她一生中的华彩乐章。

第二次世界大战初始，美国隔岸观火，连丘吉尔都说服不了美国参战，最后日本偷袭珍珠港，才把美国拖下了水。罗斯福总统认为蒋介石政府不配做号称是"民主的灯塔"的美国的盟友，因为其更像墨索里尼的意大利法西斯政府——蒋介石的头衔在英文中是"Generalissimo"，就是墨索里尼的头衔之意大利语——所以迟迟不肯开展大规模公开援助，正式把中国纳入盟友阵营。宋美龄聪明地走了"基层群众路线"。她走遍美国各地，呼吁美国各界支持中国的抗日战争，她以她的魅力打动了美国各个阶层的心，美国人对中国的同情心高涨，捐助像雪片一样飞来。宋美龄在美国国会的演讲，更是轰动一时。除了荷兰女王在 1942 年访问美国时在国会发表过演讲之外，宋美龄是第二位来到这个世界的权力中心发表演讲的女性。一位娇小优雅的东方女性，操着流利的英语，稍微带着一点美国南方口音（宋美龄曾经就读于佐治亚州的卫斯理女子学院），以美妙的嗓音讲述着动人的故事，不是直接开口要援助，而是呼吁美国人扪心自问他们的价值观，强调中国虽然不幸饱受战乱折磨却仍在追求自由、和平、民主（很契合西方所谓的"高贵的野蛮人"之概念），看似弱不禁风，却隐含着力量和决心。再加上她的演讲技巧一流，轻重缓急拿捏得恰到好处，即兴应对也灵敏自如，精彩智慧，不太关心外面世界的美国人哪里想得到这世界上除美国人之外还有这样的人才？她深深地打动了听众，即使是自始至终保持着怀疑态度的罗斯福总统也不得不承认她的公共沟通能力。

布鲁克虽然不是政治家，没有背负起国家存亡这样的重担，但是作为当年"镀金时代"唯一一个历史偶像，稳坐藏龙卧虎的纽约社交圈第一把交椅 40 多年也绝不是什么容易的事。她的幽默伶俐也是有口皆碑。凡是有布鲁克参与的慈善筹款活动，总是非常成功。她有着天生的吸引力，从奢华的第五大道上名流云集的鱼子酱松露水晶杯酒会，到哈莱姆区用装着便宜碳酸饮料的一次性纸杯来庆祝黑人社区项目启动的仪式，她都打扮得一丝不苟，神采奕奕，机智风趣，让受惠于她善举的人们着迷她热爱她。她和洛克菲勒、里根总统等是亲密朋友，她也乐于和图书馆的勤杂人员、社区养老院的护士、公交公司的司机等聊天。每一个慈善项目她都亲自过目，亲自到访勘查，亲自审计善款开支，而不是光写支票，图省事用钱买个虚名。她虽然没有受过高等教育，但是她阅读无数，绝不是腹中空空的花瓶。她出版过两本小说，为杂志写过专栏（她 98 岁时还为《时尚》（Vogue）杂志专栏撰写文章）。纽约公立图书馆是她最钟爱的慈善事业，她本人一直到去世都是纽约公立图书馆董事会的名誉主席。从布鲁克的这个选择上可以看出她珍惜知识、看重教育的价值观。她的性格非常开朗，在她 90 多岁时，曾经有人问她，这么美丽的她总共有过多少个情人？她回答道，太多啦，假如哪天夜里她失眠，她就开始数自己的旧情人，总是还没数完就睡着了！曾经担任过纽约公立图书馆馆长的瓦坦·格里高利说过："她主要关心的事情可不是那些社交明星们关心的事情。她没有那些社交明星的态度。她做事很用心，也很讲规矩。她博览群书，靠以身作则或者引用比喻指点你，从不教训你。如果你和布鲁克在一起度过了一个晚上却没有学到什么东西，那么你的接收天线可能出了问题！"她就是这样发挥着自己的魅力，她的行动给上流社会和慈善事业下了新的定义。

可以说，宋美龄和布鲁克最大的财富不是她们的物质所有，而是她们的无形资产——人格魅力，一种金钱无法打造的东西。

她们俩虽然都很富有，但是比她们富有的女人有的是。她们会成为历史上值得一书的人物，是因为她们用自己的人格魅力做出了对这个世界有影响的事情。这是她们留给后人最有意义的遗产。

古希腊政治家梭伦有一句名言："任何人直到死之前都不能算幸福，只能算幸运(Call no man happy until he is dead, but only lucky)。"

人生句点是否圆满，往往取决于钱权光环背后的东西。

幸福财女智慧

- 生活不该只是攒钱买房。
- 资产不只是看得见摸得着的东西。
- "蜗牛居"很安全，但那里是死水一潭，生活效益很低。
- 聪明的生活包括恰当使用金融工具。
- "嫁得好"与"干得好"不必对立，也没有先后。
- "嫁得好"与"干得好"都需要智慧。
- "嫁得好"助女人安身，"干得好"助女人立命。
- 光顾着积累物质财富，人生很容易倾斜翻船。
- 在"快车道"上放慢一点脚步，离"最有效益生活曲线"反而可以近一些。
- 挫折也是人生财富。
- 用心待人，往往是生活中最好的投资。
- 这个世界上确实有钱买不来的东西。
- 钱和权都有代价。
- 任何人直到死之前都不能算幸福，只能算幸运。

结束语

"我们不知道我们知道什么，我们也不知道我们不知道什么。"

不记得这句饶舌的话是出自哪位哲人金口，但是我觉得每一个人在浩瀚的宇宙面前，在纷繁的生活之中，都有必要花时间回味这句俏皮却充满哲理的话。人类已经存在了几百万年，和宇宙的历史相比，却短得可以忽略不计。人类从史前时期完全"听天由命"到今天凭借强大科技手段突破大自然的限制，成就辉煌，印证了人类大脑的力量。然而，科技发展的结果是人类认识到在自己的生存空间以外，是未知的无穷无限，生活难以预料，用哲学家的话来说就是"唯一确定的就是不确定性"，用数学家的话来说就是"生活是由随机事件组成的"。无知者无畏，知识越多越对大自然感到敬畏，这就是一个硬币的正反两面。因为不确定性是生活的基石，所以没有人可以掌握绝对真理。

认知到这一点，对我们有什么意义呢？

在一个充满不确定性的环境中生存的最佳策略并不是一味地追求更高、更快、更强（或者更有钱），因为不可预知的"黑天鹅"事件之来势可能是多高多快多强的个体都无法正面对抗的。但是我们可以不用蛮力用巧力，给自己制订灵活的计划，提高自己的适应能力，虽然不能预测风向，却可以"随风倒"从而站住脚。

灵活有两个层面，一是从观念上接受生活的不确定性，做好心理准备。听到"放之四海而皆准"、"万无一失"、"一劳永逸"、"唯一"、"保证"、"永不变心"等绝对概念词汇，一定要提高警惕，开动脑筋，独立判断。过去见效的，将来不一定有用。从来没有发生过的，并不意味着永远不会发生。别人那里看起来很美的，在自己身上未必行得通。平时不忘提醒自己世事总是无常，风云经常突变，一旦真的遭遇生活的颠簸气流，就不会惊慌失措。二是在行为上为自己多创造一些选择的余地。你可以不知道或者不信上帝的"十戒"，但是你必须得牢记并且忠实执行人类最古老的智慧：不要把所有的鸡蛋放在同一个篮子里。当然，选择再多，选择权（决策权）不在自己手中也是白搭。很多时候人的焦虑来自于对自己身边事情缺乏控制权。把选择权（决策权）拱手交给别人，指望别人替你塑造最适合你的生活，很容易在关键时候倍感无助。

做财女，就是选择积极灵活地管理自己的人生。

做财女，就是选择聪明地生活着。

有一首歌唱道："幸福不是毛毛雨，不会从天上掉下来。"幸福不是你的"天赋人权"，必须进行追求。"追求"意味着你得付出劳动，而怎么追求则是一门艺术。

假如幸福是甘霖，那么有没有"人工降雨"的方法，让你的"追求"有条捷径？

对远古时代的人们来说，天气变化是那么的不可捉摸，只能归因于神秘的天神，人能做的只是虔诚地祈祷和祭祀，天神不显灵也无可奈何。现代科学的发展让人们了解了气候的成因，并且建立了强大的气候统计模型，可以相当精确地预测气候在某个时间段内的变化和趋势。你可以根据天气预报合理安排自己的户外活动，不必再浪费精力拜神求佛。财女哲学可以提高你对幸福追求的效益，虽然不可能"人工降雨"，让幸福随叫随到，或者提供捷径，让你一步登天，但是它可以指点你装备些什么，排除谬误迷思，提高你识别骗子的能力，帮助你在面临多重选择时作出正确的判断，少走弯路，从而早日进入属于自己的最优化生活轨道。财女的生活组合，资产配置合理，把钱用在刀刃上，风险与收益匹配，激进与保守相得益彰，"抗震抗灾"能力强。

非财女的生活组合状态

"天真派"：靠天吃饭，以为青春本钱用不完，认为不操心就是幸福，因而浪费了打好人生基础的最佳时光。人生的资产负债表会不可避免地越来越薄弱，总有一天无以为继。

"嫁得好派"："集中投资"和"被动投资"双管齐下。所有的幸福筹码都压在一个好老公身上，而且没有自己的事业，对生活组合没有主动贡献，无异于被动投资。结果就像买ETF（交易所交易基金），完全跟着市场走，市场一下跌就没辙，无法控制投资结果。其人生的资产负债表初一看很悦目，其实埋藏着不少地雷。

"干得好派"：集中投资，不够分散风险。主动性有余，但是效益打了折扣。人生的资产负债表虽然悦目，但是也存在不少遗憾。

"坏女人派"：集中投资于高收益高风险类项目，下行风险巨大。短期收益非常可观，但是如果计算风险成本，马上就成负收益了。人生的资产负债表上全是次级贷款——要知道曾几何时，次贷可是非常受欢迎的"靓女"，金融危机过后，"画皮"之下，毒气冲天，谁沾边谁完蛋。

"传统派"：过分注重经济指标，认为幸福的程度与积攒的物质规模成正比。结果有可能像剑走偏锋的价值投资，只注意股票价格与收益之比之高低，却忽视了其他因素，因而掉入"价值陷阱"。人生的资产负债表单一乏味，没有活力。

那么，做财女难吗？

我觉得，做财女的诀窍在于心中有钱，但是把工夫放在钱外。因为理财只是经营生活的一部分，而经营生活需要的不光是金融方面的知识，而是需要对自己有清醒的认识（我目前的生活是否处于付出与收获相称的优化点上？我生活中的优先需要是什么？我应该往哪个方向努力？），需要很多待人接物的智慧（社会关系是个宝），需要对人对事的判断力（不人云亦云，不追随流行性智慧，不被"浮云遮望眼"，不盲目跟别人攀比等），需要"风物长宜放眼量"的精神高度（着重长期投资，认清自己的未来负债和责任，了解人生不同阶段应该有不同目标，明白笑到最后才是笑得最好）。

"天真派"不懂理财，甚至不屑、不愿理财，其实是拒绝长大，对自己不负责任。[①]而不管是"嫁得好派"还是"干得好派"，或是"坏女人派"、"传统派"，她们共同的问题是把"钱"当成生活的中心点，她们的不同只是对钱的来源着重不同。

把功夫放在钱外，说起来容易，做起来说难也不难，说不难也难。

回顾我的个人经历，我认为自己很幸运。30 岁以前，我生活的环境中没有钱的聒噪，几乎是钱的"真空"，等于"被迫"把功夫放在钱外（因为生长于江南小镇，念书也念得不错——至少考起试来分数总是不错，所以过去经常被人冠以"江南才女"之类的称呼，其实我心里更希望得到那可望而不可即的"江南美女"头衔！）。那个时代的中国社会也非常简单，全国人民听党的指挥，男人女人的概念都很淡薄，女性当仁不让地撑起社会主义的半边天，我也从来未被"嫁得好"与"干得好"之类的争议困扰过。当我步入性格成形阶段时，正逢中国国门打开之际，我得以有机会跳出井底，从此海阔天空，大长人生阅历。生活给我教训的时刻正好是我最经受得起教训的年龄段，非常及时，也非常恰当。

父母从小灌输给我的价值观也至关重要。他们因为出身不好，不能上大学，所以"让子女能上大学"几乎成了他们的信仰，我记得我从小到大，玩具只有一个布娃娃，但是我们家的书和杂志却很多。没有互联网，没有手机，没有电子游戏，没有 iPad，我

---

① 西蒙·波伏娃在《第二性》一书中一针见血地指出女人享受"不负责任的特权"的代价就是在人类历史上的从属地位。

的世界里全是书，而且我乐此不疲。小时候，每天晚上，当小学老师的爸爸妈妈在煤油灯下批改学生作业，为第二天上课准备教案，两个哥哥在做各自的作业，我也坐在他们旁边看自己的小人书。因为灯光不够亮，常常需要靠近煤油灯，有时不小心靠得太近，头发会被烤焦。直到现在，我都还清晰地记得那种味道，而父母努力敬业的精神则永远地铭刻在了我的脑海里。他们为我今后的成长（人力资产）打下了最坚实的基础。

和我同时代的很多人与我有类似的经历。你可以说我们是"无心插柳柳成荫"地走上了财女的道路。

如今的社会已经不再是真空般纯净，金钱的影响渗透到各个角落。从对世界的影响力来讲，18世纪美国《独立宣言》中那句"人人生而平等……人人都有追求幸福的权利"彻底粉碎了皇权和宗教专制。20世纪邓小平的一句"致富光荣"，把占世界人口1/4的中国人带上了寻求财富的道路。遗憾的是，中国社会的转型也不可避免地产生了一些副作用，女性角色的模糊甚至倒退就是其中之一，用钱来衡量所谓的成功也颇为流行。想要"出淤泥而不染"还真是蛮有难度的！

与此同时，全球化时代也带来了前所未有的新气象和新机会。我当年学英语，原声教材稀缺，只能冒着政治风险听充满了干扰波声音的《美国之音》。现在各类外语资源唾手可得，多得就怕你用不过来。20年前中国人想要出国留学，一定要有愚公移山般的决心，因为障碍实在是太高太多了。现在进出国门的通道大开，年轻人都无法想象当年办出国竟然可比炼狱里走一遭。1992年我来到美国的时候，感觉就像大兴安岭森林里的鄂伦春人一下从原始氏族社会跨入社会主义社会那样。而今天的中国人可以很骄傲地说，中国不仅与世界接轨了，而且还在很多领域处于世界领先地位。所有这些意味着只要你主动出击，机会就在身边，女性伸展的天地广阔得很。

财女的生长固然需要天时地利，但最关键的还是要有掌握生活主动权的渴望。你在生活中越主动，你的生活经历越丰富，你就越成熟。如果你寄希望于别人为自己安排好一切，或者只愿意走熟路、现成路，你会永远都长不大（可不是青春永驻那种！）。孩子越天真，越显得可爱。大人幼稚，只会烦人。"无心插柳"的重点不在"无心"而在"插柳"——要是没有"插柳"这个行动，"无心"的结果只能是"一切虚无"，绝不会凭空生出半片柳荫。

钱只是个乘数。对于心智性格不成熟的人（不管男人女人），太多的钱反而是祸。会聪明地支配钱为自己的生活服务的人，钱可以放大他们的享受和快乐。被钱牵着鼻子走的人，钱只会放大他们的麻烦和问题。

财女是成功女人，更是成熟女人。她的成功不仅仅在于她拥有多少钱，而在于她已经可以在这个复杂多变的世界稳稳地立足。之所以稳，是因为财女以积极主动的态度投入生活，用"爱命如钱"的哲学来经营生活组合，她有清晰的资产负债概念，因此她的立足点不止"钱"。财女的成功也没有什么特殊秘密武器。她把财女哲学持续地运用在生活的每一个方面，自然而然地就进入了最优化生活轨道。

心理学大师马斯洛曾说："想法改变态度，态度改变行为，行为改变习惯，习惯改变性格，而性格改变人生。"没有人生下来就充满生活睿智。哪怕是抓周时就扑到钱包上的，在理财和经营生活方面也绝对不会天生自通。各类非财女派不必感到气馁，假如你已经把这本书读到这儿了，说明你的"觉悟"已经很高了！正规教育可以让你掌握谋生的本领，不断的自我学习可以让你获得生活的厚馈。放下此书，拿出实际行动，投入生活，永远都不迟。

附录一　投资策略概览

目前越来越多的个人投资者已经转型成＂基民＂。确实，证券市场可能是唯一一个自己动手却不能丰衣足食的地方，没有专业团队以及强大技术系统的支持就去趟证券市场的浑水，失足翻船的概率接近 100%。随着证券市场的发展，产品越来越细分，基金名字眼花缭乱，类型层出不穷，做＂基民＂似乎也越来越不容易。充分了解基金的投资方向和风格，不被基金公司营销的面纱迷惑，是做出色＂基民＂的必备素质。

以下列出目前在成熟市场上比较常见的投资策略。

一、传统投资

股票

按市值规模和价值/成长投资界定 —— 即＂风格类型＂（Style box）

大盘股，中盘股，小盘股，指数股，中小盘股

长线投资股和中短线投资股

高成长股（aggressive growth）和绩优股（GARP，即growth at a reasonable price）

按市场区域界定

美国股票（有时也包括加拿大）

其他发达国家股票（Developed epuities）

欧洲

日本

亚太（除日本外）

新兴市场股票

东亚

拉丁美洲

东欧／中东／非洲

按研究方法界定

基本面分析

数量化投资（quantitative process-driven）

追求税后回报最大化

追求股息收入最大化

社会责任型投资

债券/固定收益

按投资目标界定（侧重回报还是收入）

旨在达到与市场相类似的表现，不偏重回报和收入任何一方

核心固定收益产品

重回报型

核心延伸固定收益产品

侧重单类固定收益产品

　　政府债券，包括联系通货膨胀债券

　　信用债券，包括公司债券、房屋抵押贷款债券、资
产支持证券、高收益债券

整体回报型

重收入型

　　现行收入型

　　长期收入型

资产负债匹配

按久期界定

货币市场型

短久期型

长久期型

按信用等级界定

按税务标准界定

按发债主体所在区域界定

本国债券

外国债券

全球债券

二、另类投资

房地产

公开交易（主要指房地产基金REITS）

直接投资（主要以有限合伙方式）

对冲基金

方向性策略

　　股票对冲

无方向性策略

　　相对价值（主要在固定收益领域）

　　　　资本结构套利

　　　　可转债套利

　　事件驱动

　　　　并购套利

　　　　公司特殊事件

　　股票市场中性策略

　　　　统计套利

　　　　高速大量交易

全球宏观

大宗商品和金融期货

私募股权基金

风险投资

中间市场

杠杆收购

自然资源（如木材）

艺术品

三、其他

资产配置基金和多项策略基金

基金之基金

有限卖空股票基金（130/30，即卖空头寸维持在 30% 左右）

复制基金[①]

    对冲基金策略复制

    期货指数复制

    加强型股指复制

---

    ① 复制基金与指数基金（index fund）、交易所交易基金（ETF）不同。后两种是纯粹消极投资策略（passive strategies），与之而来的是完全的市场风险。文中所列举的复制基金虽然投资领域不同，但都是通过量化工具来控制风险因素（如 risk factor exposures, tracking error budget），取得特定的投资风险回报结构（risk/return profile）。

附录二 对冲基金业绩分析

对基金经理投资功底进行尽职调查是所有投资者必须要做的功课。高回报率固然重要，但是发现高回报率的驱动因素更加重要。"过去业绩不代表未来"是老生常谈，但确实字字珠玑。优秀的对冲基金经理的业绩应该绝大部分是由投资技巧驱动，就是人们常说的"α"，它与大市的上上下下"β"没有太大关系，回报产出与风险投入的比例高于被动投资，而且比较稳定。除了这些可以量化的方面，其他不太容易用数字来体现的定性因素亦不可忽视：基金投资是否基于扎实科学的投资哲学和投资方法？对投资者所作宣传是否与实际操作一致？投资团队的专业实力如何？诚信记录如何？基金经理激励机制是否合理等。

本文选取某对冲基金作为例子，给有兴趣深入了解如何解剖分析对冲基金业绩的读者作分析示范。该基金注册于开曼群岛，以中国海外上市公司为投资对象。以下是该对冲基金的业绩记录：

表 1　某对冲基金业绩记录 (1998~2009 年)

	1月	2月	3月	4月	5月	6月	7月	8月	9月	10月	11月	12月	全年
1998	—	—	—	—	—	—	—	27.4%	36.33%	13.04%	7.59%	27.14%	168.71%
1999	9.57%	-6.05%	12.27%	26.66%	-9.40%	4.55%	22.24%	6.36%	9.27%	-13.40%	12.10%	24.25%	137.61%
2000	4.51%	5.80%	8.24%	-3.49%	-4.68%	17.04%	4.65%	3.23%	-5.06%	-2.54%	1.08%	9.22%	42.20%
2001	-4.98%	-6.20%	2.26%	-4.26%	2.02%	5.75%	2.04%	3.12%	-6.87%	1.18%	3.46%	2.42%	-1.09%
2002	7.12%	-1.86%	1.02%	2.11%	0.76%	-7.86%	0.26%	-13.89%	1.46%	-4.46%	-8.23%	0.68%	-22.15%
2003	1.02%	2.04%	-0.04%	2.11%	0.52%	0.63%	2.11%	-6.61%	-1.69%	23.09%	8.25%	6.70%	41.85%
2004	23.57%	-1.80%	2.34%	2.22%	16.95%	23.98%	25.12%	-10.60%	-6.97%	0.87%	-5.78%	9.37%	99.09%
2005	-7.28%	-0.52%	3.85%	6.53%	-7.10%	2.56%	1.84%	2.18%	12.21%	2.82%	10.30%	6.71%	37.39%
2006	0.25%	0.25%	0.25%	0.25%	0.25%	0.25%	0.25%	1.49%	2.58%	5.69%	4.74%	-2.50%	14.35%
2007	-1.04%	-1.00%	-1.30%	0.04%	1.97%	15.57%	3.00%	-3.21%	8.86%	1.20%	2.50%	-11.43%	13.67%
2008	-2.95%	-0.89%	7.02%	28.17%	3.01%	17.91%	8.62%	-5.63%	-14.24%	-20.56%	-18.34%	-4.49%	-12.72%
2009	3.98%	14.36%	-14.57%	20.58%	-11.52%	-6.28%	9.59%	-8.19%	-4.61%	-1.94%	11.86%	3.33%	10.50%

乍一看，确实非常令人吃惊：从 1998 年 8 月~2009 年 12 月，该基金累计回报率是 3 300%，也就是说，投资人的钱在这 11 年中翻了 33 倍，年平均回报率是 37.1%。在相同的时间段里，代表被动投资的标准普尔 500 指数累计回报 21.5%，年平均回报率是 1.7%，简直就是乌龟爬行。股票对冲策略指数累计回报 161.5%，年平均回报率是 8.8%，可以算是快马飞奔。相比之下，该基金简直就是卫星上天了！此基金经理实为天才乎？

让我们来做一回"金融法医"，解剖一下该基金。在头两年（1998 年 8~12 月和 1999 年全年）该基金分别获得 168.7% 和 137.6% 的回报率。如何看待这样炫目的成绩？首先，我们要知道任何对冲基金数据库记载的业绩资料都是对冲基金们自发上报的（对冲基金不同于公募基金，后者受证监会监管，必须在发行之后定期公布业绩）。从什么时候开始上报，完全由对冲基金经理们自己决定。这就导致业绩数据有"选择性高起点"倾向。该对冲基金什么时候开始运作，什么时候决定开始上报业绩？投资人必须要问这个问题。其次，假如投资人没有从它开门营业就让它打理投资，收益率就大打折扣，虽然仍较可观，但绝对不再是惊世骇俗级别的了。同时大家应该也记得，1998~2000 年，互联网泡沫膨胀，谁炒股谁就排名靠前，谁投资谁就落后（尤其是那些研究行业公司基本面的），不少散户即使资本金少，也都能获得几倍于资本金的回报（中国 A 股市场的股民对这种现象应该也不陌生），一点儿也不令人奇怪。后来的投资人必须要了解那两年里的三位数回报是在多大的资金规模基础上取得的。

2008 年，该基金的回报率虽然是负数（–12.7%），但是比起标准普尔 500 指数（–37%）以及其他对冲基金策略指数要好得多。

但是，2009 年，该基金回报是 10.5%，远远落后于标准普尔 500 指数（26%）这只乌龟（几乎所有的对冲基金策略指数在同期内都是 20% 以上）。看来，该基金头两年的业绩当属"界外值"，其平均年化回报率因为这两个数值而明显高估。

再来看波动率这个重要的投资风险指标。如果我们把 1998 年和 1999 年的"界外值"业绩数据也算在内的话，该基金的平均年化波动率高达 34.5%。如果我们剔除那段时间的数据，该基金的波动率仍然将近 30%，和上证综指的波动率相当。而同期美国股市波动率最高的是代表美国小盘成长股的罗素 2000 成长股指数，其波动率是 26%；代表美国大盘股的标准普尔 500 指数的波动率不到 20%，股票对冲基金的平均波动率更是只有 10% 左右。

如果我们再剥开一层洋葱，作一个 12 个月滚动波动率分析，可以看到该基金的风险程度变化非常大，尤其是 2006~2007 年，年化波动率竟然只有个位数，这与该基金大部分时候波动率高于 30%（很多时段达到 50% 以上）的情形格格不入。最令人觉得纳闷的是，2006 年 1~7 月，该基金每个月的回报率都是一模一样的 0.25%。这种数字有点不符合常理。投资人需要进一步了解基金经理的投资状况在那段时期里为什么会有如此的"变脸"，以及基金估值的依据。

夏普比率是衡量回报与风险比例的一个数据，如果把头两年的"界外值"算进去，该基金的夏普比率高达 1.03，但是去除头两年的"界外值"，最近 10 年、7 年、5 年和 3 年的夏普比率分别是 0.46、0.64、0.31 和 0.04，下滑得相当厉害。这意味着该基金的风险投入没有持续的相应回报产出，每况愈下。

另外还有一个值得注意的方面是，笔者计算了该基金与全世界各地区市场约 200 多种股票债券指数的相关性系数，几乎全都低于 0.3。该基金显示最高相关性系数的是摩根士丹利香港指数、新加坡指数以及亚太（除日本外）指数，以及几个与科技行业有关的指数，也都处于 0.25 左右。相比之下，一般股票对冲基金与标准普尔 500 指数以及摩根士丹利国际股票指数的平均相关性系数都在 0.5~0.7。低相关性或者无相关性是对冲基金的目标和投资人喜欢的优点，取得低相关性的主要途径一是卖空对冲，二是投资与股市走向低相关性的资产（大多流动性不高或者含有期权性）。只是该基金与全球各主要市场的相关性低得有点"不食人间烟火"。要知道，金融巨骗麦道夫的策略就是和什么东西都不显示相关性。不过，统计检测显示该基金虽然与各大指数的相关性很低，相关系数还是有实质意义的，所以我们可以基本排除麦道夫式的造假可能。但是投资人应该要求基金经理多一点透明性，葫芦里到底卖的什么药？

最能体现对冲基金经理投资能力的是熊市。牛市里阿狗阿猫都能赚钱，熊市里能"东方不败"的才是真正的高手。笔者把摩根士丹利亚太（除日本外）指数历史数据分成"正回报"和"负回报"两组，分别代表牛市和熊市，然后用回归分析计算该对冲基金在牛市和熊市里与大市的相关性。结果显示，在牛市和熊市里该基金与大市都具有实质相关性，也就是说股市往上它也往上，股市下跌它也下跌，显示该基金"对冲"不够，控制风险的能力稍逊一筹。2008 年是"黑天鹅"降临的一年，该基金当年的整体回报是–12.7%，好于标准普尔 500 指数的–37%。然而，我们深入挖掘一下可以看到，2008 年后半年，特别是 8~12 月，该基金连续亏损总计 50%，把上半年的获利全部"抹杀"。很多股票对冲基金经理都没有逃过 2008 年这一劫，有的年度业绩甚至还不如该对冲基金，但是他们要么及时撤离市场，保留实力，要么加强对冲机制，缓解下跌风险，没有像该基金这样连续 5 个月"坐以待毙"，以至于一年之内业绩大起然后大落。

　　所以，从定量分析的角度看，该对冲基金亮丽的回报率背后还有许多问题有待回答，特别是风险控制方面以及近年来业绩的滑坡令人担忧。要知道，投资亏损 50% 之后，需要 100% 的回报率（而不是 50%！）才能收回本钱。如果再加上资金的时间成本或者机会成本，"伤口愈合"的门槛就更高了。投资人不可能先知先觉，正好在基金经理开始赚钱的时候把钱给他，在基金经理亏钱之前及时撤出。正因为如此，平均回报率只能是一个参考指标，投资者必须充分重视基金的风险指标。有个经典的统计学笑话，说一个身高 6 英尺的大汉在一条平均 3 英尺深的河里淹死了，因为这条河深浅不匀，有的地方远远深过 6 英尺。作投资决定时不重视风险波动，后果可就不那么好笑了。

　　在作完定量分析之后，笔者又试图寻找关于该基金的背景资料。该基金的网站上提供了非常简短的内容，但是也显示了某些倾向。关于业绩，网站上有一张截至 2007 年 4 月的走势图，没有具体数字，宣称"我们已经连续 9 年跑赢了标准普尔 500 指数，并且这 9 年中有 8 年高于格林尼治全球对冲基金指数。"这种说法有三个缺陷：一是近两年的坏消息没有提及，有报喜不报忧之嫌；二是光比较回报率，却不提风险程度；三是比较基准不准确。标准普尔 500 指数是被动投资回报率，对冲基金理应跑赢。格林尼治全球对冲基金指数包含十几种对冲基金策略，很多和股票对冲策略毫不相干。正确的比较基准应该是股票对冲策略指数。如果换成股票对冲策略这面镜子，该基金在 2001 年、2002 年、

2006 年以及 2009 年都跑输了。

关于该基金的投资策略，其网站上写道：

……通过投资在美国市场交易的股票获取长期的资本增值，这些股票均与中国有着密切联系，或是在中国有着重要资产、投资、生产经营活动、贸易及其他经营事项，或是其收益中的重要部分来自于中国。本基金的投资策略为短期策略和事件驱动。对于策略的运用，我们基于对公司市场基本面的研究，结合我们先进的交易模型、独有的市场分析软件以及基金经理的判断；对于股票的选择，我们依据深入的行业知识和独立的调研能力。

根据这一段话以及之前对该基金与各个市场相关性的分析，笔者推测该基金专注的是在美国/中国香港/新加坡上市的中国小盘股票。令人寻味的是网站上丝毫没有提及投资研究团队，估计基金经理是＂孤军奋战＂。而基本面研究需要相当的人力物力，＂深入的行业知识和独立的调研能力＂有套话之嫌。一个人琢磨出来的＂交易模型＂不管有多么＂先进＂，在强手如云，特别是研究能力走机构化路线的对冲基金行业，其竞争能力如何持久是一个问题。近年来该基金业绩滑坡是否也间接和＂模型＂失效有关？而＂短期策略＂和＂获取长期的资本增值＂则互相矛盾。总之，这样的投资策略似乎是一顶事后才补戴上的不太合适的帽子。

最耐人寻味的是，从 2010 年 1 月起，该基金已经停止向主要对冲基金数据库上报业绩，个中原因不得而知。美国晨星公司的对冲基金数据库显示，该基金管理的资产从 2005 年的 1 000 万美元上升到 2006 年最高点 8 500 万美元，然后开始下降，2008 年年底为 5 200 万美元，2009 年年底只有 1 400 万美元。这样的资产规模变化令人对该基金的生存状态担忧。

美国证监会高级政策顾问理查德·布克斯塔伯[1]最近总结了问题对冲基金的七大症状，很值得一读。第一条，对冲基金的业绩只有基金经理"自报家门"一个来源（未经第三方审计）；第二条，基金业绩大转弯无法解释；第三条，衍生品使用增加（衍生品往往被用来掩盖基金实际操作中的缺陷）；第四条，基金策略"神秘化"，没有人搞得懂基金的投资哲学、过程和方式，到底在投资些什么东西；第五条，基金公司人员变动，或者基金经理的生活方式发生了重大变化；第六条，基金管理资产急剧减少（有人知道你不知道的东西？）；第七条，基金业绩走下坡路（基金投资策略不灵验了？）。

其实，投资天才是非常稀有的动物。投资人在选择基金经理时常犯的错误就是追逐业绩。在自由开放的资本市场上，既有索罗斯的量子基金这样的"大鳄"们，也有很多类似我们分析的这个基金这样的微型参与者，绝不能因为它们穿了一件"对冲基金"的马甲就崇拜得五体投地，失去了判断力。如何才能提高自己的鉴别能力？如何才能选对自己适合的基金？不让表面成绩"乱花渐欲迷人眼"，分析基金回报率的来源，清醒地认识到基金经理的专长和局限，注重基金经理的职业操守，这些基本规则虽然不能保证你找到下一个巴菲特，但是可以帮助你减少"踩地雷"的可能性。

---

[1] 理查德·布克斯塔伯：他的履历非常"惊人"，他拥有麻省理工学院经济学博士学位，曾经在投资银行摩根士丹利和所罗门兄弟公司的风险管理委员会任要职，投身于对冲基金行业后，分别在著名的 Moore Capital、Frointpoint Partners 和 Bridgewater Associates 主持风险管理。

致谢

　　虽然我的学历不低，但是更让我感到自豪的是我的阅历。从江南小镇到祖国首都，从国家机关到华尔街，从不知柴米油盐到能在金融风暴中站稳脚跟，我这一路走来，积累了丰富的人生经验。最重要的是，我"收获"了许多的友人。

　　这本书得以出版，我首先要感谢的是上投摩根基金管理有限公司的王翔先生。没有他的提议，恐怕我不会动笔。在写作过程中，除了提供中肯的评论之外，他还担任起我的拉拉队员。蓝狮子财经出版中心的吴晓波先生和崔璀女士在我写作前期提了很多宝贵意见，让我少走了很多弯路，在此一并感谢。蓝狮子财经出版中心的卓巧丽女士在这本书上花费的心血让我非常感动，是她的帮助让我的创作之帆一路顺风。我也要感谢诺亚财富管理中心总经理汪静波女士、民生加银基金管理公司总经理张嘉宾先生、美国橡树资本管理有限公司董事总经理王岩先生以及花旗中国集团业务发展总监张凯女士、著名主持人李静女士抽时间阅读书稿，来自你们的支持给了我信心。

　　感谢中国人民大学的梁晶教授为我作序。和梁晶老师相识多年，一直非常钦佩她的为人和成就。能够得到梁晶老师的鼎力支持，我感到十分荣幸。

感谢我的公公婆婆帮助我料理家事，给我创造了专门的时间和空间写作。感谢我的先生和儿子，我们一起走过的日子永远是最甜蜜的。

最后，我要把这本书献给我的爸爸妈妈。我要对你们说的千言万语汇成一句话：谢谢你们给我的一切！同时希望正在和病魔作斗争的妈妈早日康复。

2010 年 6 月 26 日

于美国新泽西州家中

百万理财计划——"有产一族"的
十堂财富管理课

百万理财计划——"有产一族"的
十堂财富管理课

作者：王翔
书号：ISBN 978-7-5086-2018-3
定价：28.00元

一本专为中国"有产一族"而作的书。

我们得益于改革开放三十年带来的史无前例的财富机遇，从贫穷走向了富裕；当这种制度性变革带来的创富机会越来越少，当通货膨胀成为悬在"有产一族"头顶的达摩克利斯之剑时，我们是否已经准备好守卫自己的财富，并让钱生钱，实现财富的再次增长？

努力赚钱，更要努力管理赚回来的钱！

立足于中国的实际，本书作者将自己多年从事理财服务的专业知识与经验以浅显幽默的文字整理成书，从投资理财应有的理念与心态、各类投资品的特性及如何挑选适合的投资品、如何控制风险、如何选择理财师、如何将财富传承给下一代等方面为"有产一族"提供了专业的指导。

百万宝贝计划

——中国父母的亲子理财课堂

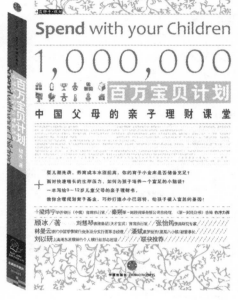

百万宝贝计划——中国父母的亲子

理财课堂

作者：顾冰

书号：ISBN 978-7-5086-2108-1

定价：28.00 元

一本写给 0-12 岁儿童父母的亲子理财书。

婴儿潮来势汹汹，经济危机如影随形，这一时期出生的孩子一落地就面临着激烈的竞争，父母的养育成本更是水涨船高，作为父母的我们怎样才能给孩子铺设一条比较顺畅的成长之路？如何以自己的理财技巧优质地养育宝宝，为宝宝的将来打下扎实的物质基础？如何从小培养孩子的财商，使孩子在将来激烈的竞争中拥有致富的思维与能力？

本书针对以上年轻的中国父母最关心、最头痛的问题，在作者自己养育孩子、培养孩子财商与理财能力的实际经验与感悟中，在各类真实小案例、趣味小贴士、理财小工具中，一一解答。旨在帮助父母合理规划育子基金，尽早培养孩子的财商。